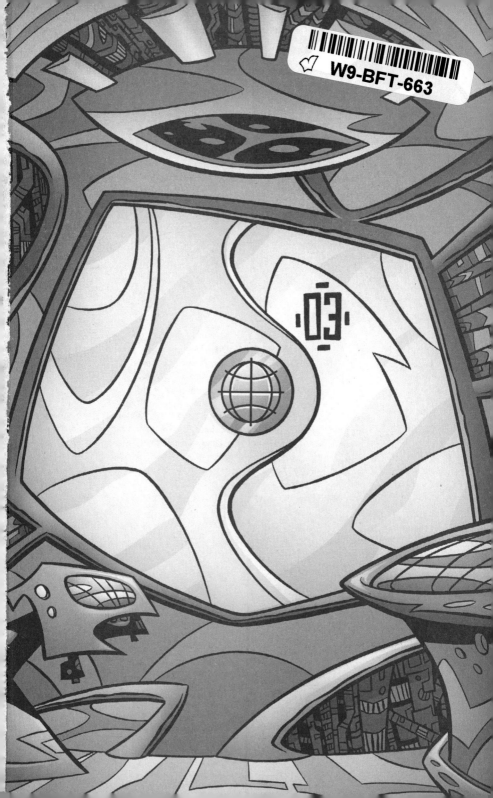
W9-BFT-663

NERDS
1. *Núcleo de Espionoaje, Rescate y Defensa Secretos*
2. *Mamá me quiere bien malo*
3. *Las porristas del infierno*

Esta es una obra ficticia. Los nombres, personajes, escenarios y situaciones son producto de la imaginación del autor, o bien son usados a los efectos de la ficción. Cualquier semejanza con personas, vivas o muertas, empresas, eventos o lugares reales es pura coincidencia.

NERDS

LAS PORRISTAS DEL INFIERNO

MICHAEL BUCKLEY

Ilustraciones
ETHEN BEAVERS

V&R
EDITORAS

3 1489 00688 2250

#7.19

FREEPORT MEMORIAL LIBRARY

Publicado por primera vez en idioma inglés en 2011 por Amulet
Books, un sello editorial de ABRAMS.
Título original: *NERDS 3 The Cheerleaders of Doom*
(Todos los derechos reservados en todos los países por Harry N. Abramos, Inc.)

Traducción: Roxanna Erdman
Dirección de proyecto editorial: Cristina Alemany
Edición: Soledad Alliaud
Ilustraciones: Ethen Beavers
Diseño de tapa: Chad W. Beckerman
Armado y adaptación de diseño: Cristina Carmona

Texto: © 2011 Michael Buckley
Ilustraciones: © 2011 Ethen Beavers
© 2013 V&R Editoras
www.vreditoras.com

Todos los derechos reservados. Prohibidos, dentro de los límites establecidos por la ley,
la reproducción total o parcial de esta obra, el almacenamiento o transmisión por medios
electrónicos o mecánicos, las fotocopias o cualquier otra forma de cesión
de la misma, sin previa autorización escrita de las editoras.

Argentina: Demaría 4412, Buenos Aires (C1425AEB)
Tel./Fax: (54-11) 4778-9444 y rotativas
e-mail: editorial@vreditoras.com

México: Av. Tamaulipas 145, Colonia Hipódromo Condesa
CP 06170 - Delegación Cuauhtémoc, México D.F.
Tel./Fax: (5255) 5220-6620/6621 • 01800-543-4995
e-mail: editoras@vergarariba.com.mx

ISBN 978-987-612-627-4

Impreso en México, Mayo de 2013
Quad/Graphics, Querétaro, S.A. de C.V.

Buckley, Michael
Nerds 3 : las porristas del infierno / Michael Buckley ; ilustrado por Ethen
Beavers. - 1a ed. - Ciudad Autónoma de Buenos Aires : V&R, 2013.
288 p. : il. ; 21x14 cm.

Traducido por: Roxanna Erdman
ISBN 978-987-612-627-4

1. Literatura Juvenil. I. Beavers, Ethen , ilus. II. Erdman , Roxanna , trad.
III. Título
CDD 863.928 3

FREEPORT MEMORIAL LIBRARY

Para Abigail Contessa
y su mamá súper cool,
Molly Choi.

PRÓLOGO

41°04' N, 81°31' O

Gerdie Baker, de doce años de edad, le hizo un gesto de desagrado a su imagen reflejada en el espejo de su habitación. Tenía extremidades largas y llenas de grumos; pies enormes, como de hobbit; cabello como esos matorrales secos que aparecen rodando en las viejas películas de vaqueros; y una mandíbula inferior proyectada hacia fuera, que le daba aspecto de cavernícola. Era un desastre, lo cual la llevaba a una innegable conclusión: seguramente era un Pie Grande. Como los Pie Grande, ella caminaba dando tumbos. Como los Pie Grande, asustaba a los animales. Como los Pie Grande, gruñía cuando comía.

Y dado que sus padres no eran Pie Grande, dio por seguro que debían haberla encontrado en el bosque y trasladado a los suburbios de Akron, Ohio, para estudiarla. Era la única explicación razonable.

Para probar su teoría, había hecho unos cuantos cálculos sencillos:

- Había 40% de probabilidades de que su familia la hubiera descubierto durante alguna excursión, la hubiera rasurado y le hubiera enseñado a hablar.

- Había 35% de posibilidades de que fuera parte de un experimento del Ministerio de Pesca y Vida Silvestre con el objetivo de integrar a los Pie Grande a la sociedad moderna.

- Había 23% de probabilidades de que hubiera escapado de la jaula de alguna compañía de espectáculos itinerante.

- Por último, había una probabilidad de 2% de que ella no fuera el eslabón perdido, sino una niña de doce años que estaba pasando por una etapa muy rara. Este 2% solo estaba en la lista porque los Pie Grande no son muy conocidos por sus habilidades con las matemáticas, y el hecho de que ella pudiera calcular estas posibilidades abría una brecha en su teoría.

Gerdie estaba comenzando una nueva lista de hipótesis acerca de por qué un Pie Grande podría saber calcular, cuando escuchó un fuerte chillido por la ventana abierta de su habitación. Se dirigió hacia ella y se asomó al patio trasero. Ahí vio un pastel, globos, un *deejay*, serpentinas, ponche, un aparato de karaoke y dos docenas de niñas bonitas con uniforme de porrista que lo estaban pasando genial. Su fiesta de cumpleaños estaba resultando odiosa.

Este año su madre había echado la casa por la ventana para festejar a Gerdie y a sus hermanas Linda y Luanne, mejor conocidas como las Trillizas Baker. Pero Gerdie no se decidía a bajar y sumarse a la diversión. Solo porque compartía su ADN (como su madre aseguraba), no significaba que fuera una de ellas. Linda, Luanne y sus amigas eran preciosas, como si hubieran salido de una revista de moda. "Tremenda Gerdie" se veía como si se hubiera arrastrado fuera de la revista *Caza y Pesca*. Su mente no podía evitar calcular qué ocurriría si se apareciera en la fiesta:

- Había 54% de probabilidades de que las chicas se rieran de ella.
- Había 29% de probabilidades de que se le quedaran mirando como si fuera de otro planeta.
- Un 10% de probabilidades de que alguien gritara y/o se desmayara y/o vomitara.
- Y 7% de probabilidades de que alguien llamara al Departamento de Control de Animales para que le dispararan un dardo tranquilizante.

Nop. Ella no pertenecía a ese sitio… aún. Pero pronto, muy pronto, sería una de las bonitas. Ella también sería el centro de atención.

¿Saben? Gerdie Baker tenía planes. Lo cual probablemente era una prueba más de que realmente no era un Pie Grande. Estos no pasan tanto tiempo pensando en el futuro. Tendría que aumentar del 2 al 3%.

Se sentó en su cama, tomó un cuaderno y lo abrió en un problema matemático. Este era más complicado que cualquier otro que jamás hubiera abordado. Se extendía a lo largo de docenas de páginas, con "x" e "y" adheridos a signos de suma y resta como salvavidas distribuidos en un mar turbio. Muy pronto los pescaría, desentrañaría sus misterios, y su vida miserable cambiaría para siempre. Si al menos todavía tuviera su…

Se escuchó un golpecito en la puerta.

–Déjame en paz. No quiero pastel –gritó Gerdie.

Pero el toquecito se repitió.

Dejando a un lado su cuaderno, cruzó la habitación y abrió la puerta de golpe. No había nadie. Asomó la cabeza al pasillo, pero estaba vacío. Miró hacia abajo y vio un sobre en el piso. Estaba dirigido a ella. Lo levantó.

Dentro había una nota que decía: *Hay obsequios para ti acá abajo.*

Gerdie suspiró. Tal vez podría bajar, tomar los regalos y terminar con todo eso.

En el patio, un mar de chicas sorprendidas la observaba. El 29% había sido correcto. Casi podía escuchar las mentes confundidas de las invitadas que trataban de comprender cómo era que estaba emparentada con Linda y Luanne. Quizá bajar no había sido tan buena idea.

—Toma un poco de pastel, Gertrude —le dijo su madre acercándose, seguida de sus hermanas.

Gerdie le echó un vistazo al pastel. Tenía forma de megáfono, del tipo que usan las porristas en los partidos de fútbol americano. Decía "Feliz cumpleaños, Luanne, Linda y G".

—¿"G"?

La mamá de Gerdie se puso a la defensiva.

—Cariño, Gertrude es un nombre largo; ¡no iba a caber en el pastel! ¿Dónde están todos los amigos que invitaste?

—Ella no tiene amigos que invitar —se rio Linda.

—Los tenía, antes de que nos mudáramos —gritó Gerdie—. Tenía muchos amigos.

—No: te juntabas con la pandilla de los nerds —dijo Luanne—. La colección más grande de casos perdidos en la historia de la Escuela Primaria Nathan Hale. Mudarnos aquí fue lo mejor que podía haberte sucedido.

Gerdie suspiró. Se habían mudado de Arlington, Virginia, hacía un año y medio, y ella jamás se había adaptado.

—Bueno, vamos a abrir algunos regalos.

Todo el mundo se concentró alrededor de la mesa donde se apilaban las cajas envueltas y adornadas con lindos moños, y la mamá de Gerdie los fue entregando uno por uno. Pasaron casi media hora abriéndolos antes de que apareciera un regalo para Gerdie.

Gerdie lo desenvolvió. Era un collar para perro. Linda y Luanne lanzaron carcajadas en medio de un coro de risitas. Gerdie tenía ganas de arrojarles el collar a la cara, junto con unos cuantos puñetazos bien puestos. Pero rápidamente su mamá le entregó otro regalo.

—No te enojes; las chicas solo están bromeando.

Gerdie abrió la pequeña caja y de pronto su gesto agrio cambió por una sonrisa que le peló los dientes:

—¡Es una Inimation 410A!

—¿Una qué? —preguntó su mamá.

—Es la calculadora científica más avanzada, con más de cuatrocientas funciones matemáticas. ¡La pantalla despliega resultados en dos líneas con treinta y dos niveles de paréntesis! Se puede hacer anotaciones de fórmulas y variables de estadísticas, conversiones de fracciones y decimales, operaciones booleanas, búsqueda de probabilidades; convierte grados, radios y ángulos; calcula senos, cosenos y tangentes, y también tiene funciones exponenciales y trigonométricas. Además, posee ciento cincuenta megabytes de memoria y está equipada con una batería solar.

Gerdie se interrumpió. Se dio cuenta de que todos la miraban, incluso el payaso de la fiesta.

—Es muy avanzada —concluyó en voz baja.

—Vaya nerd —dijo Luanne alejándose de ella y dirigiéndose con Linda y su madre al patio, que estaba sirviendo de pista de baile. Su mamá era demasiado vieja como para bailar con las chicas y sus amigas, pero eso no le impidió enseñarles un baile ridículo que ella llamaba "Descarga eléctrica". Soltaba risitas como si tuviera doce años.

Gerdie miró a su alrededor. ¿Quién le habría comprado aquel maravilloso regalo? Sacudió la cabeza. Bueno, ¡no importaba! ¡No podía esperar para probarla!

Se volvió para regresar a su habitación, pero detrás de ella se encontraba un hombre con la constitución de un roble, con piernas y brazos gruesos. Su cabello era negro azabache con una franja blanca justo en el centro –como un zorrillo– y le caía sobre los ojos. Tenía una barba larga y enmarañada y un ojo tan blanco como la nieve. En el extremo de uno de sus brazos había un garfio de metal, ahí donde debía haber estado su mano.

–Aquí hay uno más –dijo el extraño, entregándole a Gerdie un sobre delgado con su mano buena. Al igual que el que había encontrado arriba, estaba dirigido a ella–. Mi jefe espera que pases un feliz cumpleaños.

–¿Ehh?, ¿quién es tu jefe? –preguntó Gerdie, pero el hombre dio media vuelta y se alejó rápidamente–. ¿Vienes con los del servicio de banquetes?

Se había ido. Gerdie se encogió de hombros ante el extraño encuentro y abrió el sobre. Dentro había un pedazo de papel blanco que decía:

$$x = 41.6443/3$$

–¿Qué sucede, Gerdie? Pareciera que no te sientes bien –preguntó su madre, que se había alejado de la pista de baile para tomar aire fresco.

Ella no respondió. En vez de eso, entró corriendo en la casa, subió las escaleras y regresó a su cuarto, azotando la puerta tras de sí. De un manotazo agarró el cuaderno que había dejado en la cama y se puso a abrir su nueva calculadora. Sus manos temblaban. Una vez que logró encenderla, tecleó la ecuación. Luego presionó la tecla del número misterioso para obtener el valor de x y después, la tecla con el signo de igual. De pronto la calculadora zumbó, parpadeó y se sacudió en su mano. La cubierta de plástico se puso tan caliente que Gerdie la dejó caer al piso. Se escuchó un *¡POP!* y un *¡CRAC!* y la pantalla se puso negra.

–¡¡¡No!!! –aulló, recogiéndola del piso sin hacer caso de las quemaduras en sus manos. Picoteó los botones, pero no dio señales de vida. La arrojó a un lado y hundió la cabeza en la almohada. Las lágrimas brotaban de sus ojos, empapando sus mejillas y sus labios. ¡Necesitaba la respuesta de su ecuación! La respuesta lo cambiaría todo.

Entonces oyó que la Inimation 410A volvía a la vida una vez más. Se sentó, se enjugó los ojos y miró la calculadora, que se hallaba en el piso. En la pantalla parpadeaba un número:

17

17

17

No podía creer lo que estaba viendo. El problema matemático en el que había estado trabajando durante más de un año y medio estaba resuelto. El revuelto océano oscuro se había tranquilizado y los números habían llegado a tierra firme en forma de la hermosa cifra 17.

Gerdie fue hacia su armario y abrió la puerta de un tirón. Dentro había un rollo de papel azul y gris para hacer proyectos. Lo extendió en su escritorio y lo alisó para dejar a la vista los planos de una máquina muy extraña. Tenía botones, manivelas y dos tubos de vidrio que se elevaban sobre la parte superior. La estudió como si fuera una obra maestra colgada en un museo de arte. Luego echó un vistazo a la carta misteriosa que todavía tenía estrujada en la mano. Pegada a la hoja que contenía la ecuación había otra carta, escrita en un papel con membrete de un sitio llamado Hospital Arlington para Criminales Psicóticos. La firma decía: *Feliz cumpleaños, de tu amigo Heathcliff*. Gerdie sonrió.

—Gracias, Heathcliff. Este es el mejor regalo de cumpleaños de la historia.

Tres días después

gerdie ajustó el último tornillo de su creación. Dio un paso atrás para admirar su maravilloso invento. Dos tubos de vidrio surgían de la parte de arriba, como las orejas de un conejo; las correas colgaban como brazos sin vida y la placa

tenía una docena de diales y partes de consolas para viejos videojuegos. A decir verdad, era un artefacto tosco, pero también lo era su creadora. No importaba: el gobierno le pagaría una fortuna por la máquina una vez que viera lo que era capaz de hacer.

Presionó el botón de encendido y escuchó cómo los motores se ponían en marcha; un mapa borroso apareció en uno de los pequeños monitores y, luego de observarlo por largo rato, escribió unas coordenadas en el teclado que tenía a un lado.

Pesaba una tonelada, pero igual se lo colgó en la espalda y se inclinó para presionar el botón de grabar en la cámara de video que había preparado. Un buen científico siempre documenta sus éxitos y sus fracasos.

–Bien. Este es el viaje inaugural de mi máquina. Todavía no le he puesto nombre, pero ya me ocuparé de eso si funciona. Si todo sale de acuerdo con el plan, desapareceré de mi habitación y reapareceré a media cuadra de distancia, en el estacionamiento de la iglesia –dijo–. Si no... no lo sé. Nunca antes había construido un dispositivo de teletransportación con solo el presupuesto de mi mesada. Sé que tal vez sea peligroso probar esto en casa, pero ¡simplemente no lo puedo resistir!

Se volvió torpemente para mirar las fotos de estrellas de cine que había pegado en las paredes de su habitación.

–Si esto funciona, usaré cada centavo para lograr verme como ustedes: cabello, maquillaje, ortodoncia, todo. Seré una nueva yo, y Tremenda Gerdie será cosa del pasado.

Accionó el interruptor de activación. Podía escuchar los cátodos de vidrio calentándose por encima de su cabeza. Echó un vistazo hacia arriba justo a tiempo para ver cómo una poderosa corriente iba y venía entre los dos, creando una pequeña tormenta de rayos y energía chisporroteante. La electricidad se integró en una esfera de luz perfecta que giraba y crecía y crecía. Su superficie era cristalina y blanca, pero cuando Gerdie deslizó la mano en su interior, dejó unos surcos ahí donde sus dedos habían rozado. La esfera siguió creciendo hasta ser más grande que su propio cuerpo, y luego descendió flotando hasta que estuvo justo frente a su cara. Se escuchaba un extraño sonido, como si alguien estuviera rasgando en dos un gigantesco pedazo de papel, y con una fuerza impresionante, Gerdie fue arrastrada hacia el círculo de energía.

Una fracción de segundo después estaba congelada y ciega. Se frotó los ojos para intentar enfocar. Para su sorpresa, no se encontraba ni en su habitación ni en el estacionamiento de la iglesia: estaba sola en un páramo helado que se extendía hasta el horizonte. Todo estaba cubierto de hielo; la nieve formaba mantos al caer y cada minúsculo copo de cristal parecía una navaja cortando su piel desnuda.

–¿Dónde estoy? –dijo, sin dirigirse a nadie en particular, con los dientes tiritándole. No parecía haber un solo ser vivo en kilómetros a la redonda. ¿Acaso se había equivocado al teclear la latitud y la longitud? ¿Habría ensamblado la máquina incorrectamente? ¿Sus ecuaciones habían sido erradas?

¡No! Eso era imposible. Gerdie se enorgullecía de lo cuidadosa que era. Sin importar cuán simple fuera el problema, ella lo abordaba en busca de cada posible solución. Con frecuencia sus maestros se quejaban de que dificultaba las cosas a propósito. ¡Una vez había usado toda una resma de papel para demostrar el resultado de 2+2! Aun así, aquí estaba, en un sitio demasiado frío incluso para Santa Claus. No: algo más estaba mal. El número de Heathcliff debía haber alterado el funcionamiento básico de la máquina.

Temblando, Gerdie presionó un émbolo en su máquina, pero no sucedió nada. La batería estaba muerta. Su dispositivo tenía una fuente de recarga, pero pasarían diez minutos antes de que estuviera listo para teletransportarla otra vez. Desafortunadamente llevaba unos pantalones de lino y una blusa de manga corta. No sobreviviría tanto tiempo. Sus dedos de las manos y de los pies ya estaban entumecidos.

–¡Auxilio! –gritó–. ¿Hay alguien ahí?

De pronto escuchó algo extraño. Parecían pasos, pero ¿cómo podía escuchar a alguien aproximándose mientras el viento rugía a su alrededor?

–¿Hola?

No hubo respuesta, solo el ruido de fuertes pisadas, así que Gerdie decidió dirigirse hacia aquel sonido. El peso del dispositivo de teletransportación no le facilitaba caminar entre la gruesa capa de nieve, pero luchó por avanzar. Trepó una cuesta cubierta de hielo, de donde pensó que provenía la pesada respiración del que podía ser su salvador. Pero cuando llegó a la cima vio algo que simplemente resultaba imposible: medía casi tres metros y medio de alto y estaba cubierto de una pelambre gruesa y rizada. Olía a lodo y tenía unos colmillos largos y curvos que cortaban el aire, apuntando en su dirección. Ella había visto pinturas de tales criaturas en los libros, e incluso un esqueleto muy de cerca en la Smithsonian Institution de Washington, D.C., pero se suponía que ya no existían. Incluso si se había teletransportado al Polo Norte o a la Antártida o dondequiera que se encontrara, el último de los mamuts lanudos había muerto hacía diez mil años.

La bestia parecía tan sorprendida como ella, y retrocedió apoyándose en sus patas traseras. Cuando se lanzó a la carga, rugía y hacía retumbar el suelo con sus gigantescas patas. Gerdie estaba segura de que arremetería contra ella y la aplastaría. Se echó para atrás, perdió el equilibrio y sintió cómo el peso de su máquina la arrastraba hasta la base del montículo de hielo. Trató de ponerse de pie, pero el pesado dispositivo se lo impedía. Se retorció para liberarse de las correas y luego puso todo su esfuerzo en colocar el artefacto tras de sí. No podía abandonarlo. Era la única forma de volver a casa.

Pero el mamut se precipitaba velozmente hacia ella, con la enorme cabeza inclinada y los colmillos apuntando a su corazón. Gerdie se hizo un ovillo y rodó, esquivándolo, y la gigantesca criatura le pasó por encima, sin tocarla. De alguna manera también la máquina se había salvado.

Se incorporó rápidamente, pero una ráfaga de aire frío la golpeó con fuerza. Soltó la máquina, cayó y rodó varias veces, como una bola de nieve, hasta detenerse frente a la entrada de una cueva. De pie ante Gerdie había tres figuras completamente envueltas en pieles de animales. Sostenían unos garrotes y gruñían, enojadas.

El trío se abalanzó, garrote en mano, pero en vez de matarla pasaron junto a ella corriendo y atacaron al mamut. Sus armas eran primitivas, poco más que palos con flechas puntiagudas en las puntas, pero se las arrojaron con mortífera precisión. Una fue a parar en una pata delantera de la criatura y la segunda en su cabeza. La tercera dio en su corazón, la bestia lanzó un chillido de agonía y, finalmente, se desplomó en la nieve. Estaba muerta.

Mientras Gerdie observaba la escena, asombrada, unas fuertes manos la sujetaron y la pusieron de pie. Más de aquellos extraños guerreros salieron de la cueva para ayudar y la empujaron hacia las oscuras profundidades de la caverna.

A la luz parpadeante de las antorchas adosadas a las paredes, alcanzó a ver trazos de pinturas rupestres: cazadores enfrentando manadas de mamuts, extrañas criaturas parecidas a venados y algo que le pareció que podía haber sido un tigre dientes de sable. Las pinturas se veían frescas, como si las hubieran hecho recientemente.

A cada paso sentía que el cortante aire helado se iba haciendo más y más tibio. A dondequiera que la estuvieran llevando, había fuego. Finalmente la condujeron a una habitación gigantesca. En el centro había una fogata y unas cuarenta personas reunidas a su alrededor: niños, bebés, padres, ancianos, hombres y mujeres. Todos vestían pieles de animales, como las de sus salvadores, y unos cuantos sostenían lanzas largas y puntiagudas.

Varias mujeres se pusieron en movimiento. Escoltaron a Gerdie cerca del fuego y le dieron una tosca vasija llena de un té que sabía a tierra. La instaron a que bebiera. El líquido descendió por su garganta como lava, calentándole hasta los dedos de los pies.

—¿Dónde estoy? —preguntó.

La multitud se la quedó mirando de una manera extraña. Era obvio que no entendían lo que decía. ¿Quiénes eran?

Entonces una teoría comenzó a desarrollarse en su mente. Estaba claro que no se había teletransportado como pretendía. ¿Acaso su pequeña y fea máquina le había permitido viajar en el tiempo?

Su corazón empezó a acelerarse.

—Mi máquina —dijo, tratando de representar su tamaño y su forma mediante la mímica—; está allá afuera, ¡la necesito!

Con gesto confundido, la gente la observaba mientras ella entraba en pánico. No tenían idea de lo que estaba diciendo. No serían de ninguna ayuda; debía salir a la nieve y recuperar su máquina. No podía permanecer atrapada en el pasado para siempre.

Justo cuando se preparaba para echar a correr rumbo a la salida, los tres guerreros que habían matado al mamut entraron y se reunieron con la multitud. Uno de ellos sostenía su máquina. Loca de felicidad, Gerdie se apresuró hacia él.

41°04' N, 81°31' 0

—¡Gracias! ¡Oh, muchas gracias! No saben lo importante que es esto para mí. Es mi única manera de volver a casa y…

El guerrero se quitó la capucha y Gerdie sufrió un shock incluso más grande que si se hubiera topado frente a frente con un monstruo extinto. La "esquimal" era pequeña, tenía el pelo rizado y rojizo y la dentadura hecha polvo. Sus pies eran grandes; sus brazos y piernas, largos y su cara se parecía a la de Pie Grande: se veía exactamente como Gerdie.

Los otros dos guerreros se descubrieron la cabeza y Gerdie sufrió otro shock. Eran dos niñas igualitas a sus hermanas, Linda y Luanne. Le echó un vistazo a los demás y rápidamente descubrió que las coincidencias incluían a su mamá. El viejo señor Carlisle, su vecino, era quien alimentaba el fuego. Una copia de su maestra de séptimo grado, la señora Romis, rondaba por ahí. Casi toda la gente que ella conocía tenía un gemelo en aquella cueva.

Perpleja, se sentó en el suelo y observó su invento. No era un dispositivo de teletransportación y, ciertamente, tampoco una máquina del tiempo. Un vistazo más a esa gente con sus rostros familiares e inmediatamente supo lo que este feo, rompe-espaldas y maravilloso dispositivo hacía en realidad. La había llevado a una realidad alternativa. Estaba en otra Tierra.

Comenzó a analizar todo lo que eso significaba. ¿Acaso el gobierno querría semejante máquina? ¿Tenía algún uso práctico que le permitiera ganar el dinero que tan desesperadamente necesitaba para sus planes?

Mientras evaluaba la situación, sintió que algo le apuñalaba un pie. Se agachó y halló una piedra debajo de su talón. Por poco la arroja a un lado sin siquiera mirarla, pero entonces la luz se reflejó en ella y lanzó un destello. La examinó. Era grande, del tamaño de una canica, pero cada una de sus caras era clara y perfecta.

—Es un diamante —se dijo a sí misma, y luego miró al estupefacto grupo de personas de la caverna—. Encontré un diamante en el suelo. ¿Tienen idea de cuánto podría llegar a valer esto?

La chica que se parecía a Gerdie le hizo señas para que la siguiera a un rincón de la cueva. Ahí, formando una pila, había un montón de diamantes que nadie quería, como si se tratara de un desecho.

Gerdie se puso a saltar sobre sus pies, preparándose para llenarse hasta el tope los bolsillos de joyas, cuando su máquina volvió a la vida. Con sus baterías completamente recargadas, la pequeña esfera de luz apareció y empezó a crecer. Antes de que pudiera apropiarse de otra piedra preciosa, hubo un destello y Gerdie desapareció.

Un momento después estaba de regreso en su habitación. Por la ventana vio una multitud de gente enojada. Algunos examinaban los motores de sus autos parados. Otros señalaban hacia sus casas a oscuras. Gerdie sospechó que su regreso era responsable del apagón, pero aquel era un precio minúsculo que había que pagar. Había creado algo sobre lo cual las grandes mentes científicas solo podían teorizar. Bajó la mirada al único y brillante diamante que había podido traerse a casa, y de pronto Gerdie Baker ya no estaba tan segura de querer vender su querido y horrible invento.

¿VES ESTO, AMIGO?

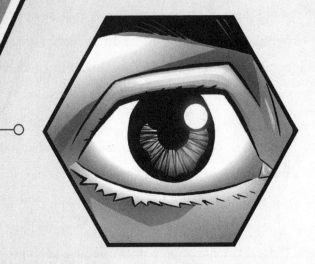

ES MI OJO Y TE ESTÁ MIRANDO.

DESDE QUE TE NOMBRAMOS MIEMBRO
DE NERDS CON TODOS LOS DERECHOS
HE NOTADO CIERTO COMPORTAMIENTO
PROBLEMÁTICO DE TU PARTE,
Y HE LLEGADO A UNA CONCLUSION...

...SE TE ESTÁ CAYENDO UN TORNILLO.

CREO QUE EL ESTRÉS DE SER
UN AGENTE SECRETO Y UN NIÑO
TE ESTÁ AFECTANDO.
TE VES CANSADO Y DISTRAÍDO.
NO DEBES AVERGONZARTE:
SER MIEMBRO DE LA ORGANIZACIÓN
NÚCLEO DE ESPIONAJE, RESCATE Y
DEFENSA SECRETOS PUEDE SER DIFÍCIL.
CUANDO YO ERA MIEMBRO
ME LA PASABA ESTRESADO TODO EL TIEMPO,
PERO ESO NO SIGNIFICA QUE PODAMOS
DEJAR QUE PERSONAS MENTALMENTE
INESTABLES PERMANEZCAN EN EL EQUIPO.

¿QUE QUIEN SOY?

HUMMM… ESTÁS TENIENDO PROBLEMAS
DE MEMORIA. ESA NO ES UNA BUENA SEÑAL.
MI NOMBRE ES MICHAEL BUCKLEY.
SOY UN ANTIGUO MIEMBRO DE NERDS.
MI ALIAS ERA GARROCHA Y FUI EL MÁS
EXTRAORDINARIO DE TODOS LOS AGENTES
QUE LA ORGANIZACIÓN HA VISTO JAMÁS.

¡¡¡¡¡SÍ, EN SERIO!!!!!

DE CUALQUIER MANERA, CUANDO ME RETIRÉ
EMPRENDÍ UN NUEVO TRABAJO: DOCUMENTAR
LOS CASOS ACTUALES DEL EQUIPO Y MANTENER
MI ENORME OJO FIJO SOBRE LOS RECLUTAS.
HE HABLADO DE TI CON LOS JEFES. ESTAMOS
PREOCUPADOS, ASÍ QUE TE HAREMOS UNA PRUEBA
PARA VER SI ESTÁS MENTALMENTE APTO
PARA SEGUIR SIENDO UN AGENTE SECRETO.

¡EPA! TRANQUILO, ¿A QUE VIENEN TODAS ESAS PREGUNTAS? LA PRUEBA NOS DIRÁ COMO REACCIONAS ANTE SITUACIONES DE MUCHA PRESION. LOS CAPOS QUIEREN ESTAR SEGUROS ANTES DE QUE TE ECHEMOS DEL EQUIPO.

LA PRUEBA ES MUY SENCILLA: UNA SERIE DE PREGUNTAS CON OPCION MULTIPLE, COMO LAS QUE SE LES HACEN A LOS OFICIALES DE LA POLICIA, LOS AGENTES DEL FBI Y LA CIA Y LOS MIEMBROS DEL EJERCITO.

AQUI HAY UNA MUESTRA. RESPONDE CON HONESTIDAD:

1. ¿ESTÁS LOCO?

a. ¡SI!, ¡ABSOLUTA Y COMPLETAMENTE, SI!
b. MASOMENOS...
c. ES PROBABLE.
d. ESTOY BIEN, PERO LAS VOCES DENTRO DE MI CABEZA NO ESTÁN DE ACUERDO.

OK, ESTOY UN POCO CONFUNDIDO
CON TU RESPUESTA. ¿ESTÁS OCULTANDO
ALGO? OYE, ¿POR QUE NO TE PUEDES
ESTAR QUIETO? TE VES NERVIOSO.
PEOR: ¡TE VES CULPABLE!
BIEN; ME PUEDES MENTIR A MI, PERO
NO PUEDES MENTIRLE A LA PRUEBA.
ASÍ QUE SI RESULTA QUE ERES UN ASESINO
ARMADO CON UN HACHA, O UN PIROMANO,
PODRÍAS HABLAR AHORA, DE UNA VEZ.

HUMMM... NEGACIÓN. BIEN.
LEE EL EXPEDIENTE DE ESTE CASO
Y RESPONDE LAS PREGUNTAS.
CUANDO HAYAS TERMINADO
VEREMOS TU CALIFICACIÓN PARA
DESCUBRIR LA VERDAD.

HASTA ENTONCES, ESTE ES MI OJO...

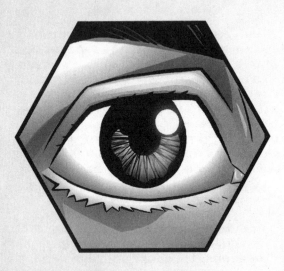

OBSERVÁNDOTE.

ACCESO CONCEDIDO

COMENZANDO TRANSMISION:

Ruby Peet
Alias "Erizo de Mar"
Sus alergias detectan
el peligro y la deshonestidad
Matilda Choi
Alias "Ráfaga"
Con sus inhaladores mantiene
a raya a los enemigos.
Duncan Dewey
Alias "Pegote"
Gracias a las sustancias
pegajosas que come puede
adherirse a cualquier superficie

1

Alexander Brand, encargado de limpieza
y mantenimiento en la primaria Nathan Hale, rengueaba por el
pasillo de la escuela usando la escoba como bastón improvisado.
La pierna mala le molestaba. Desde el accidente, le dolía cuando se acercaba una tormenta. Si pudiera dejarla descansar una horita, quedaría como nueva, pero no podía detenerse. Su jefe
quería hablar con él.

Dobló en la esquina y vio a la bibliotecaria, la señorita Holiday, que lo esperaba junto a la puerta del armario de limpieza. Era rubia y llevaba unos anteojos que la hacían verse lista y felina. Cuando la vio no pudo evitar sonreír, pero se contuvo porque no era un comportamiento profesional. De todos modos, le costó trabajo ser profesional cuando ella le devolvió la sonrisa.

—Si quiere vernos, debe ser algo serio —le dijo la bibliotecaria.

Brand afirmó con la cabeza:

—Siempre es algo serio.

Sacó un llavero del bolsillo de su uniforme y abrió la puerta del armario. Dentro, la señorita Holiday dirigió su atención a un estante repleto de productos de limpieza y rollos de toallas de papel. Los hizo a un lado, puso la mano sobre el muro de ladrillos que estaba detrás y, súbitamente, una luz verde dibujó el contorno de sus dedos.

—Verificación de identidad aprobada. Buenos días, agente Holiday —dijo una voz electrónica.

—Buenos días —contestó ella.

Entre tanto, Brand se había bajado el cierre frontal de su uniforme gris y se había revelado una sorpresa: llevaba un elegante esmoquin negro, con la camisa blanquísima y una corbata negra reluciente. Se revisó las mancuernillas de plata, se sacudió alguna pelusa del hombro y extrajo un bastón blanco de un rincón.

—¿Qué tal me veo, señorita Holiday?

—De ensueño. Ya sabes que puedes llamarme Lisa cuando estamos solos, Alexander. Somos novios desde hace casi un mes...

—Pero estuvimos de acuerdo en guardar el secreto. Soy tu jefe.

Lisa le puso un dedo sobre los labios.

—Nuestro secreto está seguro conmigo, agente Brand.

Brand trató de apoyarse en el bastón, pero perdió el equilibrio y puso mala cara. Era capaz de desarmar una bomba nuclear con un brazo atado en la espalda, pero cuando Holiday estaba cerca, se volvía completamente incompetente.

—Buenos días, director Brand —dijo la voz electrónica.

El hombre se enderezó.

—Vamos al Patio de Juegos.

—Enseguida —contestó la voz—. Entrega en tres, dos, uno.

De repente, el suelo bajo los pies de Brand y Holiday se hundió y se desplomaron hacia las profundidades de la tierra en una diminuta plataforma. Pasaron por cañerías, cables eléctricos y hasta por lo que quedaba de un antiguo cementerio perdido en la historia hacía mucho tiempo. Pronto la plataforma aterrizó en las entrañas de una cueva enorme. Las sombras se proyectaban oblicuas contra las paredes. Goteaba agua desde arriba y el aire se sentía frío y delgado.

—Espero que terminen pronto la entrada secreta de la biblioteca. Detesto seguir esta ruta —dijo la señorita Holiday, al tiempo que tomaba la mano de Brand—. Es escalofriante.

Pero Brand no tenía miedo, sino todo lo contrario: estaba fascinado. La cueva le recordaba una mina abandonada que había explorado de niño con su hermano Tom, cuando vivían en Colorado. Su abuelo, que se había hecho cargo de ellos, les advirtió que se mantuvieran alejados de las galerías de la mina, pero los niños no pudieron contenerse. Cuando Tom se fue de casa para alistarse en la Fuerza Aérea, los dos hermanos conocían hasta el último recodo. A Tom le hubiera gustado esta cueva.

—¿Alexander?

Brand abandonó sus recuerdos.

—¿Sí, señorita... es decir: Lisa?

—Llegamos.

Brand miró a su alrededor. No se había dado cuenta de que la plataforma se había hundido en una cámara tenebrosa y amplia, como el doble de un campo de fútbol. El techo abovedado estaba sostenido por columnas adornadas con mosaicos que rendían tributo a diversas áreas de las ciencias: geología, química, astronomía y más. El vasto espacio estaba lleno de máquinas y centenares de mesas de trabajo repletas de partes de computadoras, tubos de ensayo, circuitos y herramientas. Científicos con batas blancas iban y venían, llevando en las manos inventos e instrumentos raros. En el centro había una plataforma circular que se alzaba algunos centímetros sobre el suelo. Ahí, cinco sillones de cuero rodeaban un escritorio de aspecto extraño. Tenía un pequeño orificio y un montón de circuitos debajo de la superficie de cristal.

Cuando Brand y Holiday se acercaron a la plataforma, una esfera brillante saltó del orificio del escritorio y voló hacia ellos hasta detenerse a milímetros de su rostro. La esfera era similar a una pelota de tenis y estaba cubierta de luces azules intermitentes.

—Bienvenidos al nuevo y mejorado Patio de Juegos, señor Brand, señorita Holiday.

La voz salía de la esfera parpadeante.

—Me da gusto volver a verte, Benjamín –dijo Holiday.

A diferencia de la voz del armario, la de la esfera sonaba digna, propia y hasta anticuada. La personalidad de Benjamín había sido calcada de uno de los espías estadounidenses más famosos: Benjamín Franklin.

–¿Qué les parece?

–Es igual que el antiguo Patio de Juegos.

–A primera vista, sí; pero si se acercan verán lo último de lo último en tecnología: un centenar de estaciones de trabajo, una red eléctrica alimentada por biocombustibles y, ahora, cada centímetro cuadrado de pared puede adaptarse a un número ilimitado de usos.

Los azulejos de las paredes dieron vuelta y se convirtieron en cientos de pantallas de televisión por las que se difundían desde caricaturas hasta las tomas de las cámaras colocadas en los cajeros automáticos. Desde esta sala podían observar todos los rincones del mundo.

–Lindo –dijo Holiday.

–Así es –continuó Benjamín, orgulloso–. No fue fácil después de que Heathcliff y Capitán Justicia destruyeron la escuela, pero creo que ya falta poco para que este lugar se vuelva acogedor.

–Tenemos una junta con el general Cañones. ¿Podrías activar la conexión con el satélite? –pidió la señorita Holiday.

–Por supuesto –contestó Benjamín, y produjo una serie de chasquidos.

Los azulejos de las paredes dieron vuelta y revelaron una enorme cabeza con forma de bala, que pertenecía al general Cañones, un soldado curtido en el campo de batalla que había visto muchas guerras, algunas de las cuales las había peleado él solo. Se rumoreaba que era capaz de levantar una pesa de ciento ochenta kilos y otra de nueve kilos con cada lóbulo de sus orejas. Su personalidad era igualmente dura.

—Buenos días, señor —dijo Brand.

Cañones respondió con una inclinación de cabeza.

—Tenemos una emergencia. ¿Pusieron en operación sus instalaciones, director?

—Todos los sistemas importantes ya están en marcha. No nos estorbará el ruido de los martillos. ¿Cuál es el problema, señor?

Las cejas de Cañones se fruncieron tanto, que casi le taparon los ojos.

—Como saben, los satélites de la NASA vigilan el mundo. Han encontrado un fenómeno eléctrico inusitado cerca de Akron, Ohio.

—¿Qué clase de fenómeno eléctrico? —preguntó Holiday.

—Imagínense que se pierde hasta el menor destello de energía eléctrica de todos los aparatos en un área de tres manzanas: sin luces, sin computadoras, sin cajeros automáticos. Nada.

—¿Sospecha que hubo un sabotaje, señor? Quizá no es más que un apagón —dijo Brand.

–No según este informe –contestó Cañones y levantó un montón de hojas, que luego dejó caer estrepitosamente sobre su escritorio–. No le veo pies ni cabeza, así que trajimos a un científico. En pocas palabras, alguien fabricó una especie de máquina que literalmente succiona la electricidad de los cables y hasta de las baterías. Ha pasado en siete lugares de Akron.

–¿Qué tipo de máquina necesita tanta energía? –preguntó la bibliotecaria.

–Es lo que tienen que averiguar ustedes –dijo el general–. No sabemos quiénes la construyeron ni para qué la usan, pero si su intención es provocar el caos en los Estados Unidos de Norteamérica, tenemos que ponerles un alto. Este aparato podría detener las comunicaciones, sistemas de defensa, hospitales, policía, bancos, supermercados: todo. Reúnan a su equipo, agentes.

–Están en una misión, señor –dijo la señorita Holiday–. Pero volverán pronto.

–Espero que estén cerca. Para este caso van a necesitar todos sus recursos.

2

—¡El espacio… la última frontera! ¡Estos son los viajes de la nave espacial *Ráfaga*, en una intrépida misión de cinco años en busca de nuevas formas de vida y nuevas civilizaciones, para llegar adonde ningún nerd ha llegado!

Con estas palabras, Ráfaga presionó el émbolo de su inhalador y sintió que su poderoso sistema de propulsión la hacía despegar a gran velocidad hacia el oscuro vacío del espacio. Su equipo, el Núcleo de Espionaje, Rescate y Defensa Secretos (NERDS), se encontraba en una misión para salvar la Estación Espacial Internacional. Habían atravesado la atmósfera en un avión supersónico; luego se acoplaron con la estación, se pusieron trajes espaciales de alta tecnología y estaban saliendo de la cámara hermética hacia la nada.

Ser un agente secreto era genial.

–¡Gruubballla! –gritó Pulga por medio del sistema de comunicación del traje espacial.

–¿Alguien quiere traducirme eso? –pidió Ráfaga.

–Ya dijo suficiente con esa bobada –explicó Erizo de Mar–. Quiere regresar al cuartel general. Dice que la cocinera le hizo un postre especial hoy. Grubberlin… o algo así.

–¡Gruuballla! –volvió a gritar Pulga.

–¿Qué es Grubberlin? –preguntó Diente de Lata.

–Quién sabe. Ha tomado demasiadas botellas de jugo –repuso Pegote–. Después de doce, no estoy seguro de lo que quiere decir.

–Pulga, esta es una experiencia única en la vida y solo piensas en el postre –dijo Ráfaga–. Chicos, no me digan que están tan acostumbrados a ser agentes secretos que esto les resulta aburrido. ¿Qué chico de once años tiene la oportunidad de salvar a unos astronautas?

Pegote movió la cabeza de arriba a abajo dentro del casco.

–Ella tiene razón: esto es increíble. Qué gran oportunidad de probar los trajes lunares Z-64. Cada uno está especialmente diseñado para funcionar con nuestros poderes individuales –dijo, mientras caminaba sobre el exterior de la estación espacial. El niño regordete era el experto en tecnología del grupo, y le obsesionaba todo lo que hiciera ruido o tuviera luces. Ráfaga supuso que, para él, usar un traje espacial súper avanzado hecho de un polímero flexible y cómodo (totalmente hermético) era como festejar diez cumpleaños en uno—. Mis adhesivos funcionan igual que en la Tierra.

—Eso es perfecto para ti, ¡pero el nuevo modelo aumenta mis alergias y este traje me da comezón! —exclamó Erizo de Mar, al tiempo que trataba de rascarse el brazo por encima de la manga.

—Bueno, sin importar de qué estén hechos, no detendrán los sorprendentes poderes de Diente de Lata —dijo el chico. Su casco funcionaba como un campo de fuerza que mantenía dentro el oxígeno y al mismo tiempo permitía que los brackets de sus dientes cambiaran de forma y crecieran a su voluntad. Formó un remolino en su boca y los convirtió en la estatua de un superhéroe con su rostro.

—¡Gruubballla! —exclamó Pulga, y se golpeó el pecho como un gorila.

Mientras los demás hablaban, Ráfaga notó que el pecho se le encogía. A veces, demasiadas emociones le provocaban asma. Cerró los ojos y se concentró en los inhaladores que tenía en las manos. Sintió el clic que indicaba que se habían transformado de cohetes propulsores en aplicadores de medicamento. Los insertó en las ranuras especiales de su casco. Presionó el émbolo y una fresca brisa alivió su respiración. No pudo evitar sonreír. Por supuesto, tenía asma, pero allí estaba: en una misión secreta en el espacio exterior, cuando hacía menos de año y medio no podía dar la vuelta a la manzana sin detenerse a recuperar el aliento.

Cuando Matilda "Ráfaga" Choi tenía tres años, con frecuencia se despertaba en la noche sin poder respirar. Les decía a sus padres que sentía como si un monstruo invisible estuviera parado sobre su pecho. No pasó mucho tiempo antes de que un médico le diagnosticara asma crónica y le prescribiera lo que llamó "inhalador de dosis medida", una pequeña lata dentro de un tubo de plástico. Según dijo, eso la ayudaría. Al ponerlo en su boca, disparaba la cantidad exacta de medicamento por su garganta hasta los pulmones. Normalmente eso la hacía sentir mejor, pero a veces los ataques eran fuertes y el inhalador no bastaba. Cuando la dificultad para respirar era realmente grave, utilizaba un aparato llamado nebulizador, que administraba una poderosa brisa a sus vías respiratorias. Si el inhalador y el nebulizador fallaban, Matilda pasaba la noche en el hospital. A veces, acostada en la cama del hospital, mientras miraba los plafones del techo y deseaba que su madre y su padre durmieran a su lado, rezaba por una nueva vida, una que incluyera deportes, excursiones, largas noches de sueño ininterrumpido y mascotas en la familia. Pero los años pasaron y sus oraciones no tuvieron respuesta.

Un día se le acercó un chico latino con la boca llena de dulce. Temblaba tanto a causa del azúcar que apenas pudo entender lo que decía. Entonces él metió la mano en su camiseta e hizo girar un botón brillante en un extraño arnés que cubría su cuerpo. Con una vuelta regresó a la normalidad. Ese fue el día en que conoció a Pulga. También fue el día en que ella se convirtió en agente secreto.

Matilda fue invitada a unirse a un equipo de niños en el cual todos tenían alguna debilidad. Pulga era hiperactivo. Erizo de Mar era alérgica a todo. Pegote comía demasiado pegamento y Conejo tenía los dientes más grandes que hubiera visto. Con la ayuda de una supercomputadora llamada Benjamín y tecnología espacial de nanobits, cada una de sus debilidades se convirtió en un poder. La energía hiperactiva de Pulga lo hizo súper fuerte y veloz como un rayo. Las súper alergias de Erizo de Mar le permitían detectar mentiras, peligros y hasta las pistas más diminutas en la escena de un crimen. El amor de Pegote por los adhesivos lo transformó en un ágil trepador de muros, y los grandes dientes de Conejo le facilitaban hipnotizar a la gente. Desafortunadamente, Conejo resultó ser una mente criminal que traicionó al equipo. El nuevo miembro del grupo era Diente de Lata, cuyos monstruosos aparatos de ortodoncia podían transformarse en cualquier herramienta. En el caso de Matilda, el asma que la había hecho sentir tan impotente se convirtió en su mayor ventaja cuando le entregaron un par de inhaladores que no solo le facilitaban respirar, sino que además le permitían volar. Aún tenía asma, pero eso no la limitaba. Ahora ella era "Ráfaga" y nada podía detenerla.

–Es hora de trabajar –dijo Erizo de Mar–. Hay tres astronautas a bordo de esta estación, y lo último que quieren ver por la ventanilla es a un grupo de niños haciendo tonterías. Como ustedes saben, se rompió un tanque de oxígeno de la estación. Por desgracia, las computadoras de la nave enloquecieron y no pueden precisar su ubicación. Lo peor es que todos los tanques están conectados, así que se vaciarán pronto. Nuestra tarea es encontrar el que está dañado y repararlo antes de que se queden sin aire ahí adentro. Hay tanques por toda la estación. Separémonos para encontrarlo.

—¡Espero que lo hagamos antes de que se enfríe mi almuerzo! —dijo Pulga.

Ráfaga cerró los ojos y se concentró. Con un rápido apretón sus inhaladores volvieron a transformarse en propulsores que la impulsaron al espacio como a un cohete. Dio vuelta hacia el punto más lejano de la estación y su construcción la dejó maravillada: una serie de piezas interconectadas que parecían un juego de *Lego* ensamblado por un bebé alienígena.

Cuando se acercó, de inmediato detectó una fuga de gas lechoso en un tanque blanco montado en el exterior del casco. Oprimió un botón en la placa frontal de su traje espacial y disparó un cable con un ancla magnética, la cual se acopló con fuerza a la cubierta metálica de la nave. Otro botón del tablero rebobinó el cable y en poco tiempo ella estaba a menos de treinta centímetros de la avería.

—Encontré el tanque roto. Tiene un agujero grande con bordes filosos. No está claro qué lo provocó —dijo Matilda.

—Pudo haber sido cualquier cosa —respondió Pegote—: partes de algún satélite viejo, cohetes, meteoritos o incluso una pelota de golf. Hay mucha basura flotando aquí arriba.

—Denme media hora y lo arreglaré.

—No desperdicies ni un segundo —dijo Pegote—. Ese es todo el oxígeno que nos queda en nuestros trajes. ¿Necesitas ayuda?

Ella sintió un golpecito en el hombro y cuando volteó vio a Pegote detrás.

—¿Cómo llegaste aquí?

—Caminando —respondió, al tiempo que señalaba sus pies.

—¿Estás preocupado por mí, Pegote?

—Ehhh... no vi nada en mi sección, esteee... y yo solo...

Ráfaga sonrió. Estaba un poco enamorada de su compañero de equipo. Era lindo ver que él podría sentir lo mismo.

—Activar gafas de soldadura —indicó ella, y unos lentes oscuros descendieron dentro de su casco espacial. Cerró los ojos y se concentró en sus manos. Apretó ligeramente el botón del inhalador y en la punta se encendió una intensa flama azul. A través de la oscuridad de las gafas pudo ver el débil parpadeo de la llama y se puso a trabajar en el boquete del tanque de aire—. Esta reparación es temporal. Los tanques volverán a romperse con facilidad si cualquier otro objeto se estrella contra ellos. Quizá deberían construir una especie de coraza protectora.

—Todo el día he estado hablando de eso con la NASA —dijo Pegote—. Nosotros tenemos tecnología que ellos tardarán décadas en desarrollar. Creo que es hora de compartirla.

Mientras Matilda trabajaba, Pegote le hacía compañía hablándole sobre su fascinación por el espacio. Era agradable conversar con Duncan. La mayor parte de su relación habitual implicaba trabajo de espionaje y presentación de informes.

En poco tiempo el tanque quedó sellado.

—Todo listo —dijo Matilda, y una pequeña luz roja comenzó a destellar en su casco—. Oh, oh. ¿Qué es eso?

—Es nuestra reserva de oxígeno —repuso Pegote—. Es hora de entrar, Ráfaga.

—Está bien. Déjate puesto el traje espacial —dijo Matilda, pero antes de que pudiera soltar su cable, algo la golpeó por la espalda y la arrojó hacia adelante. Ella se estrelló con fuerza contra Pegote, quien quedó inconsciente cuando su cabeza dio contra un costado de la nave. Un meteorito del tamaño de una naranja flotaba cerca. A Ráfaga le sorprendió que un objeto tan pequeño pudiera impactar tan fuerte. Justo en ese momento otro llegó volando y se estrelló en la nave. Ella giró para ver de dónde había venido y descubrió que una pequeña oleada de afiladas rocas espaciales se aproximaba hacia ellos. La estación jamás resistiría semejante ataque. Tendría suerte si lograba salvar a Pegote.

—Ey, tengo un problema aquí afuera —dijo Matilda.

—¡Ráfaga, será mejor que regreses! —gritó Erizo de Mar—. ¡A ti y a Pegote solo les quedan un par de minutos de aire!

—Estoy un poco ocupada —dijo, al tiempo que apuntaba sus inhaladores contra una roca que se acercaba rápidamente. Apretó el émbolo. Hubo un destello, luego una explosión y en un parpadeo el meteorito se había evaporado: uno menos y cien en camino. Desafortunadamente, la fuerza de reacción del estallido hizo que ella y Pegote chocaran contra la nave. Le dolió, pero no había tiempo para recuperarse por completo.

—¡Pegote, despierta! —gritó, pero no obtuvo respuesta. Más rocas se aproximaban con rapidez.

Tenía que detenerlas, pero solo había una forma y era prácticamente un suicidio. Sin pensarlo dos veces, Ráfaga soltó su cable y lo sujetó al traje de Pegote. Él estaba a salvo. Presionó los émbolos de sus inhaladores y se lanzó en dirección a los meteoritos.

—Vengan —dijo, y con otro apretón voló hacia la avalancha, zigzagueó entre las rocas y las desintegró una por una. Nuevamente se abrió paso a través de la cascada de piedra y usó sus inhaladores para dar la vuelta y regresar. Sabía que solo tenía una oportunidad más para salvar la estación y debía aprovecharla. Cerró los ojos para concentrarse, algo casi imposible considerando el estrépito de la alarma en sus oídos y el mareo que le causaba la falta de oxígeno. De alguna forma se las arregló para que todos los nanobits en su sangre transfirieran a sus inhaladores otra carga completa de energía. Los científicos del Patio de Juegos le habían advertido que jamás debía llevar los nanobits a su nivel máximo de carga, pues la explosión podía matarla, pero ¿qué otra cosa podía hacer? Pegote estaba en problemas, y también los astronautas. Tenía que salvarlos a todos, aun si ello le costaba la vida. Así, con las manos brillando como dos pequeños soles, apuntó hacia las rocas que quedaban y presionó los émbolos de sus inhaladores. La explosión la hizo girar violentamente, sin dirección, y se alejó de la nave dando vueltas…

Entonces se le acabó el aire.

3

Heathcliff Hodges no estaba loco.
Bastaba preguntárselo. Es verdad que era gruñón e irracional y que había atacado a varios guardias del Hospital Arlington para Criminales Psicóticos, pero cualquiera hubiese reaccionado del mismo modo si lo hubieran obligado a asistir a una terapia de grupo de tres horas diarias para aprender a abrazar. Todos los días, él y un sinfín de dementes inadaptados hablaban de sus sentimientos. Se estaba volviendo loco.

—Casi destruyo el mundo —dijo el doctor Conflicto, mientras las lágrimas escurrían por los ojos de una enorme máscara negra que no quiso quitarse. Tenía unas grandes protuberancias que parecían antenas y que generaban mucha distracción, además de que tendían a meterse en los ojos de los otros pacientes—. ¡Lo juro!

¡Estuve así de cerca! Si hubiera podido alinear correctamente mi pirámide mística con la trayectoria del Sol, hubiera freído la Tierra como un huevo.

–Tendrás otra oportunidad –dijo Muñecadetrapo, dándole unas palmadas en la espalda. Ella era demasiado comprensiva con los demás pacientes de la terapia, y eso trastornaba a Heathcliff. Muñecadetrapo había creado una máquina que transformó a un pueblo entero en muñecas de papel. ¿Por qué no había mostrado compasión cuando la mitad de la población de Athens, Georgia, quedó plana como una tortilla?

–No, ya no habrá otra oportunidad –exclamó el doctor Conflicto–. El Sol se alinea de esa manera exacta únicamente cada mil años. ¡Lo eché a perder!

–Pero podrías clonarte –recomendó Escáner. Su traje de alta tecnología funcionaba como una fotocopiadora que reproducía copias ilimitadas y perfectas de sí mismo. Había usado sus duplicados para robar bancos, desde Arlington hasta Dallas. A Heathcliff le pareció que era un muy buen plan pero, desafortunadamente, el torpe se había quedado sin tinta durante un atraco–. Saca una copia de ti y guárdala por mil años. Eso es lo que yo haría.

La doctora Dozer le sonrió al grupo y dijo:

–Son buenas ideas, pero tengo que recordarles que van contra la ley. ¿Alguien tiene ideas legales que le sirvan al doctor Conflicto para sentirse mejor?

Todos guardaron silencio. La doctora Dozer frunció el ceño:

—Muy bien. Lo trabajaremos en la próxima sesión. Por ahora, me he dado cuenta de que Heathcliff no ha dicho nada.

—No me llames así –gruñó Heathcliff.

—Perdón –contestó la doctora–. ¿Prefieres que usemos otro nombre? ¿Simon?

—También renuncié a ese.

—Entonces, ¿cómo te llamas?

Heathcliff hizo una mueca.

—Todavía no lo he decidido.

—Bueno. Entre tanto, ¿te gustaría comunicarle algo al grupo?

Heathcliff miró el lugar con desagrado. Había querido guardarse lo que pensaba, pero de pronto se preguntó si quitarse un par de cosas de encima no lo haría sentirse mejor.

–Los odio a todos ustedes.

–¡Oye! –dijo Escáner–. ¡Eso no es muy positivo!

–Escáner, Heathcliff tiene derecho a expresar su ira –dijo Muñecadetrapo–. Aquí estamos en un lugar seguro.

Heathcliff dirigió su mirada de enojo hacia ella.

–Te desprecio sobre todo a ti.

Ella gimió.

–Me estoy volviendo loco –continuó–. Y sí, entiendo la ironía de que estamos en un hospital psiquiátrico; pero yo estaba totalmente cuerdo cuando me arrastraron acá. ¿Saben lo que es estar sentado en mi cuarto sin nada con qué entretenerse? ¡Sin libros, sin televisión, sin explosivos! Día y noche tengo que oír a mi compañero de habitación, Chucky Swiller, que se ríe como idiota de los mocos secos que se saca de la nariz.

—Seamos francos: no se trata de tu situación, sino de tus dientes, ¿verdad? —preguntó la doctora Dozer.

Heathcliff frunció el ceño.

—¡Sí! ¡Mis sorprendentes, gloriosos y magníficos dientes hipnotizadores! Me los arrancó de un puñetazo uno de mis peores enemigos. Y ahora, mírenme: no tengo mis poderes. Soy un muchacho ordinario con inteligencia de genio y rodeado de imbéciles.

Se encogió en su silla, tratando de evitar las miradas compasivas. Lo que no quería contarle a nadie era que, aparte de la terapia, también lo enloquecía el vacío que dejaron sus dientes. Había adquirido la costumbre de meter y sacar, una y otra vez, la lengua de la caverna vacía con gusto a cobre. Lo hacía día y noche, como para que su lengua volviera a hacer la prueba y se encontrara con que los dientes delanteros habían regresado de unas vacaciones prolongadas. ¡Ya no lo soportaba!

Heathcliff saltó de la silla y la levantó. La lanzó con todas sus fuerzas contra una ventana contigua, que estalló con el impacto. Se abalanzó hacia ella, dispuesto a cortarse en rebanadas si con eso lograba escapar, pero antes de que llegara al marco de la ventana rota, lo alcanzaron dos guardias corpulentos. Los hombres medían fácilmente más de un metro noventa de puro músculo. Tenían la cabeza rasurada y el rostro avinagrado. Lo metieron en una estrecha camisa de fuerza y le ataron manos y pies con cadenas que terminaban en un candado sobre su pecho. Le colocaron una máscara de plástico para que no fuera a morder a nadie y lo subieron a una camilla.

–¿Saben que cuando sea el amo del mundo la van a pasar mal? –amenzó furioso.

–Creo que eso ya lo habías comentado –dijo un guardia.

–¿Te atreves a burlarte de mí? ¡Serás el primero en probar mi rabia impiadosa! –gruñó Heathcliff.

–¡Cállate! –ordenó el otro guardia–. Tienes visitas.

Llevaron rodando a Heathcliff hasta la sala de visitas. No era mucho más que un largo pasillo con cubículos a los lados. Cada uno tenía una silla que daba a una ventana de vidrio grueso. Muchos pacientes del hospital eran demasiado peligrosos como para tener contacto directo con los visitantes, así que quedaban separados por la ventana y se comunicaban por teléfono. Del otro lado había una cara conocida: su matón. El hombre se veía como si hubiera perdido una pelea. Estaba ciego de un ojo y su pelo mostraba una franja blanca muy peculiar.

–¿Y bien? –dijo Heathcliff sobre el teléfono que el guardia le había colocado entre la oreja y el hombro.

El matón trató de levantar su teléfono, pero en lugar de una mano tenía un garfio metálico. Batalló con el auricular y siete veces se le cayó de la garra de acero, hasta que Heathcliff perdió la paciencia.

–¡Usa la otra mano, tonto!

El teléfono estaba unido a un cable de plástico muy corto. Para ponérselo en la otra oreja, el matón casi tuvo que estrangularse.

–¿Qué quieres? –ladró Heathcliff, pero enseguida deseó no haber dicho eso. El matón era famoso porque le gustaba romper huesos. De pronto, lo asaltó la preocupación de que el vidrio que los separaba no fuera bastante grueso.

—Tengo buenas noticias, jefe.

—Dime que me vas a sacar de aquí —suplicó Heathcliff. Estaba tan excitado que el teléfono cayó de su hombro a la mesa. El guardia lo miró con indiferencia. Heathcliff se inclinó para acercar la oreja al aparato.

El matón sacudió la cabeza.

—No puedo hacerlo, jefe. Este lugar está más cerrado que un tambor. Hay guardias para vigilar a los guardias. Nunca había visto algo así. Ya sabes que aquí meten solo a los chiflados más peligrosos.

El matón hizo una pausa y continuó:

—Lo siento. No quise decir que estuvieras chiflado.

—Si no puedes liberarme, ¿cómo me van a parecer buenas noticias lo que hayas venido a decirme?

—Entregué el regalo.

—¿El regalo? ¿De qué hablas?

—¡La caja con la carta! Ya sabes, la que me diste en caso de que pasara algo horrible. Me dijiste que se lo entregara a Gertrude Baker si te arrestaban. Su madre se la llevó a vivir a Ohio, pero pude entregarle la caja.

Heathcliff sonrió al recordar.

—Si no tuviera una camisa de fuerza, ¡te abrazaría! Realmente son buenas noticias. ¿Sabes qué había en la caja y en la carta?

El bravucón puso cara de ofendido.

—Como matón, tomo muy en serio la privacidad de mi jefe. Es una regla tácita de nuestra profesión.

—Bueno, de todos modos no lo habrías entendido, pero ese obsequio destruirá el mundo.

—¿Y por qué son buenas noticias, jefe?

—Porque si Gerdie Baker es tan lista como la recuerdo, va a fabricar una máquina tan peligrosa que se verán obligados a dejarme salir para detenerla. ¡Chiflado será libre pronto!

—¿Chiflado? Creí que te llamabas Simon.

—Si el mundo cree que estoy loco, ¿quién soy yo para ponerme a discutir? —dijo Chiflado, y una risa tonta se apoderó de él.

—¡Vaya, jefe! ¡Esa risa es escalofriante! —dijo el matón.

—¿Te gusta? —le preguntó Chiflado—. La he estado practicando. Creo que es la combinación exacta de premonición y locura. ¡Nuevo nombre! ¡Nueva risa! ¡Nuevo plan apocalíptico para destruir el mundo!

Y volvió a reír.

—De verdad escalofriante, jefe.

FIN DE LA TRANSMISION

MUY BIEN, VAMOS
A COMENZAR LA PRUEBA.
CUANTO MENOS TIEMPO ESTÉS
A SOLAS CONMIGO, MEJOR.

PERO PRIMERO TIENES
QUE VERIFICAR TU IDENTIDAD,
ASÍ QUE ESCRIBE A CONTINUACIÓN
TU NOMBRE CLAVE.

_____

JE, JE. SE ME HABÍA OLVIDADO
QUÉ CHISTOSO ERA...
ESPERA. ¡CARAMBA! NO ME HABÍA REÍDO
ASÍ EN AÑOS. CASI ME HAGO PIPÍ.

BUENO, BASTA DE FLOJERA;
EMPECEMOS:

PARA DEDUCIR CORRECTAMENTE
TU ESTADO MENTAL, ES IMPORTANTE
QUE RESPONDAS LAS PREGUNTAS
CON HONESTIDAD. AUNQUE
LAS RESPUESTAS PAREZCAN LAS
DE UN LUNÁTICO, CONTESTA CON
LA MAYOR VERACIDAD POSIBLE.

LAS PREGUNTAS SON DE OPCIÓN
MÚLTIPLE Y TIENEN CUATRO
POSIBLES RESPUESTAS.
POR ESO SE LLAMAN PREGUNTAS
DE OPCIÓN MÚLTIPLE, ¡OBVIO!
¿LO VES? YA ESTÁS ENTENDIENDO.
ACÁ VAMOS.

1. ¿QUÉ HACES CUANDO LOS DEMÁS
NO PRESTAN ATENCIÓN A TUS IDEAS?

a. LLORAS (3 PUNTOS)
b. HACES PUCHEROS Y PATALEAS
   (2 PUNTOS)
c. ROMPES ALGO (5 PUNTOS)
d. PLANEAS SU MUERTE (10 PUNTOS)

2. ¿LOS DEMÁS HABLAN DE TI
A TUS ESPALDAS?

a. ¡CLARO QUE SÍ! (3 PUNTOS)
b. NO, HABLAN DE MÍ
   EN MI CARA (2 PUNTOS)
c. NO DICEN GRAN COSA,
   PERO MURMURAN MUCHO (6 PUNTOS)
d. ¿QUIÉN PUEDE OÍRLOS,
   CON TANTAS VOCES QUE SUENAN
   EN MI CABEZA? (10 PUNTOS)

3. ¿QUE QUIERES SER CUANDO CREZCAS?

a. AMO Y SEÑOR DE TODO (5 PUNTOS)
b. CIENTÍFICO LOCO (5 PUNTOS)
c. MADRASTRA MALVADA (4 PUNTOS)
d. EMBAJADOR ANTE NUESTROS CONQUISTADORES EXTRATERRESTRES (10 PUNTOS)

4. ¿QUE TE PONES EN UN DÍA CUALQUIERA?

a. UNA MÁSCARA PARA OCULTAR MI HORRIBLE ROSTRO DESFIGURADO (8 PUNTOS)
b. CAPA, PARCHE EN UN OJO Y BASTÓN (4 PUNTOS)
c. UN SOMBRERO DE PAPEL DE ALUMINIO PARA DEFENDERME DE LOS LECTORES DE MENTES (10 PUNTOS)
d. UNA CAMISA DE FUERZA (10 PUNTOS)

5. ¿A QUE LE TEMES MÁS?

a. UNA HABITACIÓN A OSCURAS (3 PUNTOS)

b. UN ESPACIO REDUCIDO
   (3 PUNTOS)
c. ALTURAS (2 PUNTOS)
d. POLLO FRITO (10 PUNTOS)

AHORA, SUMA TUS PUNTOS
Y ANOTA EL TOTAL.

_____

¡CIELOS, QUE CALIFICACIÓN
TAN ELEVADA!
NO TE PREOCUPES. VAMOS
A CONTINUAR. SIGUE LEYENDO
ESTE EXPEDIENTE MIENTRAS
LLAMO AL MÉDICO O A LA POLICÍA
O AL EQUIPO DE MANIOBRAS
PELIGROSAS.

ACCESO CONCEDIDO

COMENZANDO TRANSMISIÓN:

4

Gerdie colocó con cuidado diez bolsas de agua caliente en su cama y se acomodó sobre ellas. Nunca había estado tan adolorida en toda su vida y sabía la razón: la máquina. La había estado arrastrando por toda la ciudad durante una semana. Cada vez que la encendía, absorbía toda la electricidad de las zonas cercanas, lo cual la obligaba a buscar constantemente nuevos lugares para obtener energía. Ella suponía que la máquina necesitaba la corriente para abrir los portales hacia otros mundos, pero no podía encontrar una explicación matemática que le permitiera entenderla por completo. Una vez su cerebro fue actualizado con tecnología de nanobits. En ese entonces no había misterio que no pudiera resolver. En fin. Ella seguía siendo suficientemente lista como para embellecerse.

—Hemos estado trabajando duro y es hora de que recibamos un premio —le dijo a la máquina, que estaba apoyada junto a su cama—. Las dos vamos a transformarnos. Yo voy a arreglarme todo lo que pueda y tú serás más pequeña y ligera. Sé que nuestra verdadera belleza es interior, pero ¿quién puede verla a través de todas estas capas de fealdad?

Se incorporó con cuidado, levantó el teléfono de la mesa, marcó unos cuantos números en el teclado y esperó a que contestaran.

—Clínica de cirugía plástica Thompson y Chase. ¿En qué puedo ayudarle?

—Quiero hacer una cita —dijo Gerdie.

—Muy bien —dijo la recepcionista—. ¿Exactamente qué tratamiento le interesa?

Gerdie se miró en el espejo.

—Todos.

—Bueno —respondió la recepcionista—. ¿Podría proporcionarme la información de su seguro?

—No hace falta —contestó Gerdie mientras contemplaba su habitación, repleta de estatuas de oro, grandes obras de arte, cofres llenos de joyas y pieles exóticas que había robado en sus viajes a otros mundos—. Pagaré en efectivo.

5

Matilda abrió los ojos de golpe:

–¡Pegote! ¿Sigue vivo? ¿Y la estación espacial? ¿La salvé de los meteoritos?

–Se volvió loca –dijo una voz–. Si tenemos que deshacernos de ella, me quedaré con su habitación.

Matilda giró la cabeza y vio que no estaba en el espacio exterior, sino en su cama, rodeada por sus seis hermanos: Marky, Max, Michael, Moses, Mickey y Mobi.

–¿Quién lo dice? –exclamó Moses.

–Soy el más grande. Necesito espacio –gritó Mickey–. Me corresponde.

–Yo soy el mayor –declaró Marky–. Soy el que más tiempo ha sufrido.

—Nadie va a quedarse con mi habitación —dijo Matilda, pero no la oyeron. Como siempre, las peleas de los chicos se convertían en un torneo de lucha libre y seis pares de piernas y brazos rodaron por el lugar, empujando sin cuidado las posesiones más apreciadas de Matilda: sus fotos autografiadas de Mohamed Alí y Triple H, su cinturón auténtico del Campeonato Mundial de Pesos Pesados de la Federación de Lucha Libre, una fotografía enmarcada de ella en el octágono de combate de Ultimate Fighting, en el momento en que golpeaba a su contrincante. Matilda se levantó y se inclinó sobre los chicos, con los puños cerrados—. Si rompen algo, perdedores, les haré tanto daño que nunca se van a recuperar.

Los chicos la miraron un instante, se rieron y volvieron a su espléndida batalla. Ella, furiosa, saltó entre la masa y se unió a la pelea.

—¡BASTA! —gritó una voz.

Su madre había entrado al dormitorio y, por su tono, estaba enojada. La pelea se detuvo y los siete niños Choi quedaron desperdigados en el suelo, respirando agitadamente, al tiempo que veían a su madre como si fuera un general de cuatro estrellas.

El verdadero nombre de la madre de Matilda era Mi-sun, pero se hacía llamar Molly. Era de poca estatura, tenía el pelo largo y negro y ojos café oscuro. Cuando sonreía era como una flor que se abría por primera vez, pero cuando estaba enojada, más bien parecía un dragón que despedía humo por la nariz.

—Tienen suerte de que haya llegado mamá —susurró Mobi.

—Cuando termine con ustedes, el ratón Pérez se irá a la quiebra —contestó Matilda.

—Chicos, ¡afuera! —ordenó Molly—. Quiero ver cómo se siente su hermana y ustedes la enloquecen.

Cuando salieron todos, Molly cruzó la habitación y se detuvo junto a la ventana. Apoyado sobre el borde había un *hareubang*, una pequeña criatura de piedra con un sombrero de hongo. Tenía los ojos saltones y una sonrisa bondadosa. Molly le había dado la estatua a Matilda como "protección": se suponía que debía defenderla de los espíritus maléficos. Por desgracia, no tenía ningún poder sobre sus hermanos, a menos, claro, que se la arrojara.

—La encargada del comedor de la escuela te trajo ayer y estuviste dormida hasta este momento —le dijo Molly—. Es una mujer extraña, con la voz profunda. ¿Qué hacías en la escuela? ¡Son las vacaciones de verano!

Matilda se atragantó. ¿Qué se supone que debía contestar? *¿Que llevo una doble vida como agente secreta? ¿Que tengo superpoderes? ¿Que mi escuela tiene un cuartel escondido en el sótano? ¿Que la cocinera no es la cocinera sino una espía que tripula un cohete oculto bajo el gimnasio?*

—Tomo cursos de verano —dijo, optando por una mentira—. Si quiero entrar en una buena universidad, tengo que prepararme de antemano.

—¡Pero si tienes once años! —dijo Molly—. Te falta mucho para eso.

Matilda vio que una duda asomaba en el rostro de su madre. Las sospechas aumentaban a diario. No sabía nada de la vida secreta de su hija (únicamente oía explicaciones sobre "deportes extraescolares" y "castigos"), pero no era tonta. En muchas ocasiones los dos mundos de Matilda habían chocado y solo era cuestión de tiempo para que se revelara su segunda vida como agente secreta.

Miró cómo su madre tomaba el ídolo de piedra.

—¿Tú qué piensas, abuelo? El abuelo lo ve todo, Matilda. Te cuida y te concede deseos. Tu abuela me lo dio antes de que me mudara con tu padre a Estados Unidos. Queríamos tener un bebé y, como es evidente, funcionó. De hecho, tendría que deshacerme de él. Ya no quiero más bebés, abuelo. Algún día te servirá cuando sea tu turno de formar una familia.

—¡Mamá!

Molly se rio. Sus antepasados venían de una islita en la punta meridional de Corea del Sur llamada Jeju-do. Molly le había contado a Matilda que en la isla abundaban tres cosas: rocas, viento y mujeres. Las mujeres, como la abuela de Matilda, Tammora, eran la cabeza de sus hogares. Dirigían la familia y las finanzas y tomaban la mayoría de las decisiones del gobierno local. A Molly la habían educado de la misma manera. Al parecer, funcionaba en su familia, porque el padre de Matilda era un artista despistado que ni siquiera era capaz de hacerse cargo del talonario de su chequera.

—Tus hermanos te molestan, pero con el tiempo acudirán a ti para que los guíes. Te van a necesitar. Varios de ellos son tontitos: dulces y adorables, pero tontitos. Me preocupas tú, pequeña M. Llevas una vida misteriosa y tus palabras están repletas de secretos. A veces me dices cosas que no son la verdad.

Matilda miró por la ventana para no toparse con la mirada de su madre.

—Debería castigarte... pero creo que hay un motivo importante detrás de tus mentiras. Tal vez combates el mal como el abuelo, que ahuyenta demonios, criaturas oscuras, monstruos e invasores de otros mundos.

—¿Más historias del abuelo, Molly? —preguntó una voz desde la puerta. Matilda volteó y vio a su padre, Ben Choi. Aunque sus antepasados eran coreanos, él había crecido en San Francisco. Ben conoció a Molly en una visita a su isla. La encontró en una calle y le pidió que lo dejara fotografiarla. Fue amor a primera foto. Pero últimamente la situación se había vuelto tensa. Ambos llevaban meses peleando.

—¿Cómo estás, zanahoria?

—De veras estoy muy bien —dijo Matilda—. Quizá el abuelo sepa decirme cómo hacer para que mis padres dejen de pelear.

Molly dejó al vigilante de piedra en su sitio sobre la ventana y se dirigió a Ben:

—¿Ya desayunaste?

El padre negó con la cabeza.

—Muy bien, ponte a cocinar –le dijo Molly.

Ben se rio.

El corazón de Matilda se llenó de esperanza. Eran las primeras sonrisas que veía en el rostro de sus padres desde hacía mucho tiempo. En ese instante, la atacó un estornudo tan sonoro que se arrugaron sus mantas. Matilda frunció el ceño. No estaba resfriada. El estornudo había sido causado por el comunicador que llevaba implantado en la nariz. Enseguida escuchó la voz del agente Brand en su oído.

—Ráfaga, tenemos una misión de urgencia. ¿Puedes subir al techo?

—¿Al techo? ¿En este momento? –gruñó Matilda.

Su madre alzó una ceja y miró al padre.

—¡Es una niña tan rara! Habla sola y tú tienes la culpa. Hay locos de tu lado de la familia.

Su papá frunció el ceño.

—Tú eres la que habla con estatuas.

Matilda los empujó hacia la puerta.

—No me siento muy bien para desayunar. Me regreso a la cama, pero ustedes diviértanse.

—Renunciamos a la diversión hace más o menos siete niños –repuso Ben.

Matilda los acompañó al pasillo y cerró la puerta. Rápidamente se puso una camiseta negra y unos pantalones de un tono morado neón. Luego, sacó sus botas de combate favoritas. Echó una mirada al espejo. Su pelo estaba demasiado ordenado, así que lo revolvió hasta que pareció como si la hubieran atacado. ¡Perfecto!

Abrió la ventana de la habitación y trepó por el enrejado que llevaba al techo, en donde había una escalera de cuerda. Miró hacia arriba y vio un enorme jet amarillo suspendido silenciosamente sobre su casa. Trepó la escalera paso a paso, hasta la puerta de ingreso del autobús escolar. El agente Brand la jaló hacia el interior.

—Espero que sepas que me estoy perdiendo un desayuno muy importante con mis padres por esto —le dijo.

—Lamento que salvar el mundo interfiera con tus cereales.

Matilda suspiró. Nadie sabía de sus problemas en casa. Durante mucho tiempo había esperado que las peleas de sus padres se terminaran. Ahora parecía que empeoraban. Su único escape de la situación era su trabajo como espía.

Se instaló en un asiento y se puso el cinturón justo a tiempo antes de que la nave empinara la nariz hacia el cielo. Los motores los lanzó a la estratósfera con un estallido que le hizo tronar los oídos.

Matilda vio que junto a ella estaba Duncan. Le sonrió y él le devolvió la sonrisa.

—Gracias por salvarme la vida —dijo Duncan.

—De nada. ¿Quién me salvó a mí?

—Creo que fui yo —dijo Jackson, sentado detrás de ellos—. Usé mis brackets para aferrarme a la nave y te encontré flotando como un patito de hule en la tina del baño. Los agradecimientos pueden enviarse como regalos en efectivo.

Matilda sonrió.

—¿Cuál es la nueva misión tan urgente e importante?

Erizo de Mar se encogió de hombros y contestó:

—Lo único que sé es que vamos a Akron, Ohio.

—¡Akron, Ohio! ¿Qué rayos podría suceder ahí?

—Si los informes son fidedignos —respondió el agente Brand—, es algo muy inquietante. Dejaré que el jefe de la policía lo explique.

Diez minutos después, la nave ingresó de nuevo a la atmósfera. La señorita Holiday abrió la escotilla y les repartió los paracaídas. Matilda fue la primera en saltar de la nave y examinó Akron mientras descendía. Le pareció de lo más común, no un lugar que necesitara la ayuda de un equipo de superespías.

Aterrizó a una calle de la estación de policía. Sus compañeros venían detrás y entre todos recogieron su equipo para que nadie los viera. En la estación, Ráfaga leyó una nota manuscrita pegada en la puerta del frente, en la que se indicaba que, en ese momento, el edificio no tenía electricidad.

Erizo de Mar le mostró su placa al sargento de la recepción. No son muchos los que han visto una identificación de Núcleo de Espionaje, Rescate y Defensa Secretos. El policía se rio.

—Es una broma, ¿verdad? ¡Oigan todos! Ya llegaron los agentes federales que nos mandaron. ¿Tenemos botellitas de jugo? —dijo, y casi se cae de la risa.

—¿Son ustedes, chicos? —se acercó a preguntar un hombre corpulento—. ¡Vaya!, pero no es lo más disparatado que he visto hoy. Soy el jefe Chris Churchill. Voy a mostrarles el... eh... el problema.

Llevó al equipo a las cárceles del sótano, iluminando todo con una linterna.

—¿Así que son espías?

—Lo siento, pero no tiene autorización de los servicios de seguridad para saber eso —respondió Ráfaga.

El jefe Churchill se encogió de hombros.

—Miren, tengo que advertirles. Lo que tenemos aquí abajo es algo extraño. Tuve que dar el día libre a un par de policías para que se recuperaran de esto.

—¿Es un monstruo, no es cierto? —preguntó Pulga, frotándose las manos con satisfacción.

—Eso tendrán que decidirlo ustedes —respondió Churchill, y los metió en una pequeña oficina en la que había una jaula con tres perros: un labrador, un poodle y un chihuahueño.

—¿Esto es lo que tanto lo inquieta, jefe? —preguntó Matilda—. ¿Tiene miedo de las pulgas?

—Miren, chicos: los encontramos vagando por las calles y pensamos que se habían perdido, hasta que...

De repente, Matilda se llevó el susto de su vida.

—Déjenme salir. ¡Tengo derechos! —exclamó el labrador.

—¡Es imposible! —exclamó Diente de Lata.

—¡Increíble! —dijo Pegote.

—¡Mejor que monstruos! —se rio Pulga.

—¡No pueden retenernos! —ladró el chihuahueño—. Soy abogado. Los demandaré y les quitaré hasta el último centavo.

—¡Exijo hacer una llamada telefónica! —agregó el poodle.

Erizo de Mar se inclinó para observar más de cerca a los perros:

—A ver... ¿cómo se volvieron tan listos?

—Pues qué pregunta tan tonta —gruñó el labrador.

—Los perros no hablan —dijo ella.

—Claro. ¿En qué planeta? —ladró el poodle.

—En este planeta —contestó Matilda. La conversación la estaba
mareando—. ¿Son parte de un experimento secreto?

El poodle se adelantó.

—Niña, soy contadora y tengo un novio que seguramente estará preocupado por mí.

—¿Quieren decir que vinieron de un lugar en el que los perros
hablan? ¿Cómo llegaron aquí?

El chihuahueño gimió:

—Se produjo una luz y luego un sonido atronador. Y de
repente, ustedes nos miran como si fuéramos fenómenos
de feria.

—¿Quieren decir que llegaron de otro mundo? —preguntó
Erizo de Mar.

—No estoy diciendo nada —respondió el labrador—. Eso lo dicen ustedes. Vivimos en la Tierra, un lugar donde todos los

perros hablan, igual que los gatos y que algunas ardillas y peces.
¿Cómo se llama este sitio?

Matilda volteó hacia su equipo. Todos tenían la misma expresión de sorpresa.

—Jefe, si últimamente han ocurrido otros sucesos extraños en este pueblo, quisiéramos saberlo.

MATERIAL COMPLEMENTARIO

Las siguientes transcripciones fueron proporcionadas por el jefe de la policía Chris Churchill y la ciudad de Akron, Ohio. Documentan la entrevista que sostuvieron los oficiales y los familiares de una persona desaparecida: Gertrude (Gerdie) Baker. Linda Baker (hermana), Luanne Baker (hermana) y Wendy Baker (madre) reportaron su desaparición.

Oficial: ¿Cuándo fue la última vez que vio a Gerdie?

Linda: Fácil: ¡bajó ayer al patio para arruinar nuestras vidas!

Oficial: ¿Disculpe?

Luanne: Estábamos en el patio practicando para las pruebas de la ANP Junior All-Star cuando...

Oficial: ¿La ANP?

Luanne: ¡Somos porristas! Ufff, ¿acaso no se entera de nada? La Asociación Nacional de Porristas. ¡Las pruebas para uno de los equipos nacionales serán dentro de unos días!

Oficial: OK. ¿Cómo les arruinó la vida?

Linda: Se metió con su loco disfraz en medio de nuestra pirámide.

Oficial: ¿Eh?

Wendy: Una pirámide es una figura que las porristas arman guardando el equilibrio unas encima de otras. Tiene forma de...

Oficial: ¡Sé lo que es una pirámide! ¿De qué estaba disfrazada?

Luanne: Bajó ataviada con uno de nuestros uniformes de porristas y su máscara de *friki*.

Wendy: Niñas, no es una máscara de *friki*.

Luanne: Así es como le has estado diciendo a sus espaldas.

Wendy: Luanne, eso... eh... eso no es cierto.

Oficial: ¿Máscara de *friki*?

Wendy: Recientemente Gerdie se sometió a una cirugía plástica y su rostro ha estado vendado durante las últimas cuatro semanas.

Linda: Será fácil localizarla. Solo busque a una niña que parece una momia con uniforme de porrista.

Luanne: Y la enorme máquina atada a su espalda. Eso debe ser sencillo de localizar.

Oficial: ¿Una enorme máquina?

Linda: Sí; está llena de tubos grandes y un montón de luces. Se ve como si pesara una tonelada.

Oficial: ¿Qué clase de juego es este?

Wendy: ¿Disculpe?

Oficial: Ustedes saben que tenemos muchos crímenes en esta ciudad. Hemos tenido estos extraños apagones que están causando toda clase de problemas. Ustedes no pueden distraer a la policía con una historia ridícula...

Wendy: ¡No lo estamos inventando! Ella trae puesto un uniforme de porrista. Su rostro está vendado. Tiene algo del tamaño de un contenedor de basura atado a la espalda.

Luanne: Tiene que tomarse esto en serio. Ella arruinó nuestras vidas. Quiero que la encuentre, la arreste y la ponga a picar piedra tras las rejas.

Oficial: OK, vamos a asumir que lo que me acaban de contar no es resultado de una fuga de gas en su casa. ¿Cómo fue que esta porrista desfigurada les arruinó la vida?

Linda: Asustó a la pirámide. Todas nos caímos. Mi hermana se rompió la clavícula. Yo tengo un tobillo torcido. Todas las del grupo resultaron lesionadas. Ahora jamás podremos formar parte de uno de los equipos nacionales. ¡Hasta podríamos perder nuestros puestos en el equipo local!

Luanne: Además, se plantó por encima de nosotras y nos dijo cosas horribles: que éramos una familia abominable, que éramos imbéciles y que ella se presentaría a las pruebas de la ANP para tomar nuestro lugar. ¡Y luego dijo que no somos suficientemente bonitas como para ser porristas!

Linda: ¡Es mala!

Oficial: OK, creo que ya escuché suficiente.

Wendy: ¿Entonces ya cuenta con la información necesaria para encontrar a mi hija?

Oficial: No, pero tengo suficiente información para arrestarlas a las tres. Tienen derecho a guardar silencio y les sugiero que hagan uso de su derecho. Cualquier cosa que digan podrá y será usada en su contra ante una corte legal...

Linda: ¡Ey! Estamos diciendo la verdad.

Oficial: Cálmese...

Wendy: ¡Suélteme!

Luanne: ¡Quítele la manos de encima a mi mamá!

Oficial: Se lo advierto, señorita...

Luanne: ¡Pégale con la silla!

En este punto, el oficial disparó
su inmovilizador tres veces, con lo cual
dejó paralizadas a las Baker. Las arrestaron
por agredir a un oficial de policía
y presentar una denuncia falsa.
Las tres permanecen en la Cárcel
del Condado de Summit.

SI GERDIE BAKER REALMENTE EXISTE,
SE DESCONOCE SU PARADERO.

VER RETRATO ANEXO
DE "GERDIE BAKER".

6

Matilda y los NERDS volvieron al Patio de Juegos para elaborar su reporte. Con perros parlantes, puntos de radiación, apagones y porristas psicóticas, Matilda no le encontraba sentido a la evidencia; por eso quedó asombrada cuando Ruby dijo que sabía quién había provocado todo.

—Su alias es Mateatleta. Ella era una de nosotros.

—Explícate —dijo Matilda—. ¿Cómo sabes que un miembro de NERDS es responsable de todos estos hechos extraños?

—El verdadero nombre de Mateatleta es Gerdie Baker —dijo Ruby.

—¡La chica desaparecida que se hizo cirugía plástica! —exclamó Matilda.

—¿Gerdie? Ella no pudo haber causado esto —repuso la señorita Holiday—. Ella siempre fue tan dulce…

Ruby sacudió la cabeza con determinación.

—Me temo que la evidencia indica lo contrario. Mientras ustedes estaban hablando con los perros, Benjamín y yo investigamos todo lo que pudimos sobre Gerdie: su vida, su historial, casos recientes… ¿Benjamín?

La pequeña esfera azul se elevó desde el agujero en el escritorio de cristal. Hizo clic, giró y proyectó un holograma en movimiento de una chica muy extraña. Estaba luchando contra un grupo de asesinos ninja armados con espadas resplandecientes. Se abalanzaron sobre ella, pero respondió sus embates golpe por golpe. De pronto sus atacantes salieron disparados y se estrellaron contra una pared, donde quedaron tirados como los juguetes de un niño.

—¡Me gusta su estilo! —dijo Matilda.

Benjamín trinó:

—Equipo, esta es Gertrude Baker, alias Mateatleta. Su talento era resolver ecuaciones. Las actualizaciones le permitían procesar problemas complejos en un instante.

—¿Qué clase de pésima actualización es esa? —preguntó Matilda.

—Inútil —coincidió Jackson.

Ruby sacudió la cabeza.

—Con su mente de supercalculadora ella pudo predecir las acciones de sus oponentes y aprovechar sus debilidades. Además, podía calcular los puntos exactos de equilibrio y apoyo para mover cosas increíblemente pesadas.

En la siguiente imagen, la chica saltaba sobre una barra de metal atorada debajo de un auto, este salía disparado y daba varias vueltas en el aire.

—Vaya, eso estuvo genial —comentó Pulga.

—Las matemáticas la convirtieron en una súper heroína —dijo Duncan—. ¿Entonces por qué se fue?

—Su madre se llevó a la familia a Ohio cuando se divorció del padre de Gertrude —explicó la señorita Holiday—. Al igual que ocurre con muchos miembros del equipo, sus papás no estaban enterados de su vida secreta. A veces los padres toman decisiones a espaldas de sus hijos y los alejan de nosotros. A Gerdie se le quitaron sus nanoactualizaciones y se llamó a Matilda para sustituirla.

—¿Yo fui su reemplazo? —preguntó Matilda.

—Así es. Sin embargo, parece que ha seguido usando sus sorprendentes habilidades matemáticas —dijo Benjamín.

—Y eso la ha llevado por el camino del delito —agregó el agente Brand, sumándose a la reunión con un montón de archivos bajo el brazo—. Estamos seguros de que ella estuvo detrás del caos en Ohio.

La señorita Holiday se quedó boquiabierta.

—Alexander, solo la vi una vez, pero no puedo creer que ella hiciera algo así.

—¿Cuántos pensaban lo mismo de Heathcliff Hodges? Ahora está en un hospital para delincuentes psicóticos.

—De hecho, yo sospechaba de él —dijo Jackson.

—Lo siento, señorita Holiday, pero Brand está en lo correcto —dijo Duncan—. Por lo que he leído, Gerdie es la única persona en Akron, y quizá en todo el continente, que posee el poder mental para crear un aparato que roba electricidad. Probablemente esté usando toda esa energía para alimentar algo mucho más peligroso. Creo que está experimentando con el multiverso.

—¿Eh? —preguntó Pulga.

—El multiverso —repitió Duncan—. ¿Acaso no leyeron en la revista *Científico Americano* el ensayo de Bartlett sobre las irregularidades cuánticas?

—Lo siento, seguramente me lo perdí —dijo Jackson.

—Trataré de simplificarlo lo más que se pueda —repuso la señorita Holiday—. Todos ustedes han oído hablar del universo, ¿cierto?

—Por supuesto —contestó Matilda—. El universo es todo: la Tierra, la Luna, las estrellas, por siempre y hasta el final.

—Eso es correcto, Ráfaga —agregó la señorita Holiday—. El universo es todo. Ahora imaginen que existe otro "todo", que hay otra Tierra, otra luna y otras estrellas que existen exactamente en el mismo lugar, solo que en una dimensión diferente. Imaginen que tiene gente, animales, océanos y tierra.

—¿Dos planetas Tierra? —preguntó Erizo de Mar.

—Más de dos. Imaginen que hay miles, millones, miles de millones de universos como el nuestro, solo que en sus propias dimensiones. Benjamín, ¿tendrías la gentileza de hacer una demostración visual?

Benjamín proyectó ante sus ojos una imagen holográfica de la Tierra. La duplicó. Y luego una y otra y otra vez, hasta que las copias llenaron el salón.

Matilda apenas podía entender la idea.

—¿Exactamente como el nuestro?

La señorita Holiday sacudió la cabeza.

—No exactamente. Y ahí es donde el multiverso se pone interesante. Algunas de estas Tierras se parecen mucho a la nuestra, pero a otras ni siquiera las reconocerían.

—Debo admitir que estoy un poco perdido —dijo el agente Brand.

—Imagínenlo de esta forma —explicó la señorita Holiday. Sacó de su bolsa dos barras de chocolate y las colocó frente a Pulga, sobre el escritorio—. Pulga tiene dos barras de chocolate. Puede escoger entre comerse esta barra con coco y maní o esta de caramelo con miel.

Pulga parecía angustiado. Era evidente que tomar esa decisión era tal vez lo más difícil que había tenido que hacer en su corta vida. Su cabeza se movía de una golosina a la otra, como si mirara un partido de tenis, hasta que por fin pescó rápidamente la barra de chocolate con coco, rompió la envoltura y se la comió con avidez.

—Pulga tomó una decisión —continuó Holiday—, y el resto de su vida transcurrirá de acuerdo con ella. Pero el multiverso permite otras posibilidades. Si la teoría es correcta, existe otro Pulga en otro universo, en otra dimensión, que escogería la barra de chocolate con caramelo.

—¿A quién le importa qué barra se comió? —dijo Matilda—. ¿Cuál es la diferencia?

—Probablemente sea mínima —repuso la bibliotecaria—. Pero a veces las decisiones son más importantes y sus consecuencias, mucho mayores. En el multiverso hay una Tierra donde los alemanes ganaron la Segunda Guerra Mundial. Hay una tierra donde los aborígenes siguen siendo mayoría en este continente. Tal vez haya una Tierra donde todo el mundo es luchador profesional.

—Fabuloso —dijo Matilda.

—¿Hay una Tierra en la cual yo me habría comido ambas barras de chocolate? —preguntó Pulga, con la mirada puesta en la otra barra.

La señorita Holiday rio.

—Sí. Incluso podría haber una donde no habrías escogido ninguna. Quizá habrías comido alfalfa y zanahorias.

—Le aseguro que ese mundo no existe —repuso el chico, chupándose los dedos—. Puede haber un billón de versiones de mí, pero ninguna preferiría zanahorias y alfalfa en lugar de una barra de chocolate.

—Podría haber un Pulga alérgico al maní y al coco, que se pondría muy enfermo si se comiera la barra. Hay uno donde es un burro al que le gustan los dulces. Otro donde él nunca nació. Uno más donde los dulces ni siquiera han sido inventados, y así sucesivamente. Todos ellos existen y son reales en sus propias Tierras, al menos de acuerdo con la teoría. ¿Comprenden?

–Sí, claro –dijo Erizo de Mar–. Hay mil millones de yos diferentes, algunos buenos, otros malos, unos que no se hinchan como balones cada vez que comen huevo. ¿Qué tiene que ver todo esto con Mateatleta y su máquina?

Duncan dio un paso adelante.

–No podemos estar seguros hasta que le preguntemos, pero creo que está usando algún aparato que tiende un puente entre nuestro mundo y alguna de esas Tierras alternas.

–¡Alguien ha estado viendo demasiado *Viaje a las estrellas!* –dijo Matilda–. Aun si ella hubiera construido algo así, la pregunta es: ¿para qué? ¿Qué podría ganar con ello?

–Creo que lo sabemos –respondió Benjamín. Los mosaicos de la pared giraron para desplegar una enorme pantalla que mostró el rostro de Gerdie Baker–. Hace cuatro semanas Mateatleta fue al dentista. Ordenó un juego completo de carillas de porcelana para sus dientes y que le operaran la mandíbula para corregir un desafortunado prognatismo. En total, gastó cerca de treinta y cinco mil dólares.

–Tal vez su mamá consiguió un buen empleo o ganó la lotería –dijo Jackson.

–De acuerdo con este reporte, Gerdie no pagó con dinero, sino con esto –Brand chasqueó los dedos y la imagen de la triste chica cambió por la de un antiguo cofre rebosante de monedas de oro, perlas y cálices de plata.

–¿De dónde sacó eso? –preguntó Pulga, mientras se metía la otra barra de chocolate en la boca.

–Ciertamente, no de algún lugar cercano. Encontramos esto –dijo Benjamín, al tiempo que hacía un acercamiento a una de las monedas, en la cual se veía la imagen de un extraño animal con cabeza de búho, cuerpo de oso y una larga cola, como una serpiente. La criatura llevaba puesta una corona. Una inscripción decía *Moneda del reino. Su alteza real Doogan Quinto, rey de Zedavia y reinos circunvecinos.*

–¿Zedavia? –preguntó Matilda–. Nunca oí hablar de ese reino.

–Es porque nunca existió… al menos, no en nuestro mundo. He revisado cada libro de historia de nuestra base de datos –respondió la señorita Holiday–. Si fuera un lugar real lo habría encontrado. Soy una espía, pero también soy bibliotecaria.

La pantalla volvió a mostrar la cara de Gerdie Baker.

–Una semana después –prosiguió Brand–, la señorita Baker fue con un dermatólogo que le practicó una dermoabrasión con láser y le aplicó un tratamiento facial y de cierre de poros, que costó cerca de dos mil dólares. Ordenó un paquete de diez sesiones de bronceado con aerosol y un masaje con bolsas de té. Pagó con esto –apareció la imagen de una pintura. Se parecía mucho a la *Mona Lisa.*

–¿Robó la *Mona Lisa* del Louvre? –preguntó Matilda.

–Esta no es la *Mona Lisa*. Mira de cerca –trinó Benjamín, al tiempo que hacía un acercamiento a la famosa pintura.

Matilda analizó el retrato. Era la misma pintura que había visto un millón de veces en libros, pero notó algo extraño en el fondo:

naves semicirculares plateadas que desde el cielo disparaban láseres hacia la campiña.

—¡Una invasión alienígena! —exclamó Matilda.

—Algún idiota pintó una copia e incluyó una broma —dijo Ruby.

El señor Brand negó con la cabeza.

—Pedimos a expertos en historia del arte que analizaran las pinceladas. Esta pintura fue hecha por Leonardo da Vinci. O al menos por *un* Leonardo da Vinci. Encontramos en ella la cerda de un pincel y verificamos su antigüedad. Es del siglo XVI. La firma también es un duplicado exacto.

—Hay más —terció Benjamín—. Al otro día la señorita Baker visitó a la doctora Abigail Contessa, cirujana plástica de estrellas de cine en Los Ángeles. Al día siguiente le hicieron operaciones valuadas en cincuenta mil dólares, entre ellas una cirugía de nariz, inyecciones de colágeno en los labios, levantamiento de cejas y cirugía de orejas.

—¿Se puede hacer eso? —preguntó Duncan, mientras estiraba los lóbulos de sus orejas.

—Déjenme adivinar —dijo Jackson—. ¿Pagó con algo que no debería existir?

Brand asintió y la pantalla mostró el video de un ave extraña de plumas grises, patas gruesas y amarillas y un enorme pico en forma de cuchara de madera.

—Es un dodo —explicó la señorita Holiday—. Los dodos se extinguieron hace casi trescientos años.

—Así que Gerdie Baker está robando en mundos alternos para pagar tratamientos de belleza –dijo Matilda–. ¿Qué hacemos? No tenemos jurisdicción en el multiverso.

—Es algo mucho peor que unos cuantos hurtos multidimensionales –repuso el agente Brand–. Ha habido lo que llamamos "entrecruzamientos". Varias cosas han llegado a nuestro mundo. Cosas que no deberían estar aquí.

—¿Como los perros que hablan? –preguntó Duncan.

—Peor –respondió Brand.

La pantalla mostró cuatro extrañas criaturas con tentáculos negros en todo el rostro. Aunque tenían forma humana, en lugar de boca tenían una gran abertura llena de dientes filosos y puntiagudos. Estaban encerrados en una celda y gritaban furiosos.

—De acuerdo –dijo Jackson–. Es oficial: ya estoy asustado.

—Y eso es solo el comienzo –dijo Brand.

La mente de Matilda estaba llena de los peores escenarios.

—Entonces busquemos a Mateatleta y arrestémosla.

—No es tan sencillo –advirtió Brand–. Se ha hecho numerosas operaciones en la cara y sus médicos están renuentes a hablar con nosotros. Hacer cirugía plástica a un menor de edad no es ético. ¿Quién sabe si su rostro habría cambiado naturalmente con la edad? Además, los doctores solo vieron su cara hinchada cuando salía de los consultorios. Mateatleta nunca regresó a las citas de seguimiento.

—¿No sabemos cómo se ve? –preguntó Erizo de Mar.

—No. Ni siquiera su madre y sus hermanas conocen su aspecto. Como saben, huyó de su casa.

Matilda puso los ojos en blanco, fastidiada.

—¿Por qué alguien querría hacerse cirugía para cambiar su apariencia? Si le gustaba cómo se veía, ¿a quién le importa lo que los demás piensen de ella?

—Déjenme entender esto —dijo Jackson—: estamos buscando a alguien que recibió entrenamiento de espía. No tenemos idea de su aspecto. Y si la encontramos, tiene una máquina que le permite escapar a otros mundos.

Brand asintió.

—¡Grubblinooogh! —exclamó Pulga, golpeándose el pecho. El azúcar de los dulces fluía por su cuerpo.

—Creemos que tenemos una pista —dijo Brand—. La Asociación Nacional de Porristas organiza campamentos de varias semanas para sus competidoras más destacadas, que concluirán con una competencia nacional aquí, en Washington D.C. Suponemos que Gerdie hizo una prueba, se incorporó a uno de los equipos infantiles y ahora está practicando en uno de los campamentos. Basándonos en las anomalías en la actividad eléctrica, creemos que hemos identificado el lugar donde está.

—¿La malvada es una porrista? —preguntó Jackson.

—¿Acaso no lo son todas? —repuso Matilda—. Odio a las porristas, con sus estúpidas faldas y sus sonrisas hipócritas. No sé cómo alguien puede tener tan poco respeto por sí misma como para aplaudir a un grupo de fortachones sin cerebro que se lanzan la pelota. En fin, ¡voy a disfrutar esta misión! Vamos al campamento, descubrimos cuál es Gerdie ¡y le damos una paliza! ¡O mejor aún, se la damos a todo el equipo hasta que una de ellas confiese, así tendré la oportunidad de practicar unas cuantas llaves de rendición! ¡Todos ganamos!

–No habrá golpizas –dijo Brand–. Estamos pensando en algo más sutil que una lucha dentro de una jaula: uno de ustedes entrará encubierto. El resto le proporcionará información y apoyo táctico.

–¡Fantástico! Siempre quise hacer una misión encubierta. Por fin seré como James Bond –exclamó Jackson.

–Tú no, Jackson.

–¿Qué? ¡Soy perfecto para esto! Soy el más encantador, tengo ropa que me queda…

–A menos que quieras usar falda y peluca, no creo que este sea el trabajo para ti –dijo la señorita Holiday.

Al pasar rumbo al laboratorio, la cocinera alcanzó a escuchar y gruñó enojada.

–Este campamento es solo para chicas –explicó Brand–. El agente perfecto para esta tarea es Matilda.

–¡¿Yo?!

–Sí. Vas a convertirte en una porrista de competencia.

Matilda lo miró a él y a la señorita Holiday como si hablaran en otro idioma.

–¡No puedo ser porrista! –gritó Matilda–. ¿No acaban de escucharme? ¡Las odio! Además, por si no se han dado cuenta, no tengo nada de porrista. Ellas tienen que ser lindas, amigables y llenas de energía positiva. Yo tengo boletos para la función de autos monstruosos. Cada sábado, en el parque, juego vencidas o pulseadas con universitarios por dinero. Paso mi tiempo libre estudiando las peleas de artes marciales mixtas. ¡No soy la mejor opción para un equipo de porristas!

–Además, está algo loca –comentó Jackson.

Matilda alcanzó al chico y le aplicó una llave candado en el cuello. Él luchó, pero no pudo zafarse.

–¿Vieron lo que acabo de hacer? ¿Acaso las porristas estrangulan a sus amigos?

–¡Agente Ráfaga! –rugió Brand, antes de que la señorita Holiday lo interrumpiera.

–Matilda, tú eres la integrante más ágil de este equipo, y las porristas deben ser ágiles. También eres la más intrépida, y las porristas deben ser intrépidas.

–Además eres ruidosa e insoportable. Eres perfecta para esta misión –argumentó Pulga.

–¿Tú también quieres que te ahorque? ¡Manden a Erizo de Mar!

–Soy alérgica a los pompones –dijo Ruby rascándose el brazo–. Y a los deportes organizados y a... estar animada. Y a hablar de deportes y de estar animada...

Matilda soltó la cabeza de Jackson.

—Por si no lo han notado, soy algo así como la reina de los marimachos.

—Conseguimos a alguien para que te ayude —dijo Brand—. Ella te explicará todos los movimientos.

—Va a hacer falta más que eso —repuso Jackson—. Ráfaga es un desastre.

—Eso no me ofende en absoluto —dijo Matilda y volvió a sujetarlo del cuello.

—Tu entrenadora te enseñará todas las rutinas para que pases inadvertida. Tiene mucha experiencia —dijo Brand—. ¿Mindy?

Se abrió una puerta y una hermosa chica de cabello rubio platinado vestida con un leotardo negro entró al salón. Llevaba cuchillos sujetos con correas a las piernas, y su cinturón estaba cubierto de estrellas metálicas, afiladas como navajas.

—Brand, si vuelves a llamarme Mindy te voy a cambiar la apariencia a patadas. Soy la Hiena.

FIN DE LA TRANSMISION

○ DESPUÉS DEL ÚLTIMO
CUESTIONARIO QUEDÉ CONVENCIDO
DE QUE NO ESTÁS BIEN. PERO
A PESAR DE TODO, EL JEFE AÚN
QUIERE CONTINUAR CON LAS PRUEBAS.
UNA. PÉRDIDA. DE. TIEMPO.

COMO ANTES, CONTESTA
LAS PREGUNTAS Y SUMA TUS PUNTOS.

1. TE MUERDE UN PERRO; ¿QUÉ HACES?

a. CORRES LLORANDO AL HOSPITAL
   (4 PUNTOS)
b. DISFRUTAS EL HERMOSO DOLOR
   Y LE DAS GRACIAS AL PERRO
   (9 PUNTOS)
c. SIGUES AL PERRO HASTA DAR
   CON SU FAMILIA Y TE VENGAS
   CON TODOS (9 PUNTOS)
d. LE DEVUELVES LA MORDIDA
   AL PERRO (10 PUNTOS)

2. TE SONRÍE UN DESCONOCIDO.
   ¿QUÉ HACES?

a. CORRES A TU RINCÓN SECRETO, DONDE
   NADIE PUEDE VERTE (7 PUNTOS)

b. LE CORRESPONDES
   CON OTRA SONRISA
   (1 PUNTO)
c. AGITAS LOS PUÑOS Y LO
   PERSIGUES POR LAS CALLES
   (9 PUNTOS)
d. LE RECUERDAS QUE MOSTRAR
   LOS DIENTES ES UN SIGNO
   DE AGRESIVIDAD EN EL REINO
   ANIMAL Y LO ATACAS (10 PUNTOS)

3. ¿QUE TE GUSTA VER EN LA TELE?

a. DOCUMENTALES SOBRE DICTADORES
   (7 PUNTOS)
b. LA ESTÁTICA (7 PUNTOS)
c. NO TENGO TELE. "ELLOS" PUEDEN
   VERME POR LA PANTALLA
   (10 PUNTOS)
d. TENIA TELE. LA PATEÉ
   Y YA NO FUNCIONA (10 PUNTOS)

4. SI TUVIERAS MIL MILLONES DE
DOLARES, ¿EN QUE LOS GASTARIAS?

a. RAYO MORTIFERO (10 PUNTOS)
b. FORTALEZA SECRETA (5 PUNTOS)
c. EJERCITO DE MATONES (7 PUNTOS)

d. EJÉRCITO DE UNICORNIOS
   CON CUERNOS QUE LANCEN LLAMAS
   (1 PUNTO; ¿QUIÉN NO QUISIERA
   UN EJÉRCITO ASÍ?)

5. CONFIESA ALGO QUE NADIE
   SEPA DE TI:

a. VOY A UNA ESCUELA
   DE MAGIA (10 PUNTOS)
b. SALGO CON UN VAMPIRO
   (10 PUNTOS)
c. MI PADRE ES UN DIOS GRIEGO
   (10 PUNTOS)
d. SOY UN DETECTIVE QUE
   INVESTIGA DELITOS COMETIDOS
   POR PERSONAJES DE LOS CUENTOS
   DE HADAS (10 PUNTOS)

MUY BIEN; A VER ESA SUMA:

_____

7

La Hiena salió corriendo al pasillo, tenía el corazón acelerado y dio un portazo a sus espaldas.

—Te avisé que no era seguro entrar desarmada —dijo Jackson.

La Hiena tocó con cuidado el moretón enrojecido que tenía alrededor del ojo.

—Nadie me dijo que era tan salvaje. Una vez enfrenté a un tigre rabioso con un bate de béisbol, pero era un minino comparado con ella.

—Ráfaga no está contenta con su misión —repuso Duncan.

Se oyó un terrible estruendo detrás de la puerta del salón de entrenamiento.

—Bueno, tiene que madurar. Es una agente secreta y así es su trabajo. ¿Qué tiene de malo que te hagan una pequeña exfoliación y que te apliquen un poco de aceite caliente?

¡POR TODOS LOS CIELOS!
NO SABÍA QUE ESE NÚMERO
PODÍA LLEGAR TAN ALTO.
DISCÚLPAME SI ME ALEJO DE TI...
LENTAMENTE.

ACCESO CONCEDIDO

COMENZANDO TRANSMISION:

—A ninguna le gusta que le digan que se vería bonita si se esforzara. Es una grosería –explicó Ruby.

—Su pelo es un desastre. Su piel parece papel de lija. Tiene las cejas juntas y su atuendo es como un montón de ropa para mandar a la lavandería.

—Ráfaga se ve así porque es como quiere verse –dijo Pulga.

—Sí, le gusta ser diferente –señaló Jackson–. Las porristas se ven todas iguales. Se está convirtiendo en su peor pesadilla.

—Tampoco ayuda que la persona que la maquilla sea una ex reina de belleza –agregó Duncan.

—No sé que se imaginan que hago todo el día, pero soy una agente muy atareada. Me sacaron de una misión para hacer esto y tengo que volver antes de veinticuatro horas o corro el riesgo de arruinar mi identidad secreta y poner en peligro a muchos de mi equipo. Vamos a aclarar algunos puntos: no vine a juzgarla. Si su belleza interior la convierte en una supermodelo, muy bien, cantaremos victoria. Pero en mi experiencia, las porristas más bien tienen mucha belleza exterior. Si quiere que la misión salga bien tiene que ser bonita, y en eso la voy a convertir aunque tenga que noquearla para humectar su tonto rostro.

—¿En qué te ayudamos? –preguntó Ruby.

—Tengan preparados a los paramédicos –dijo la Hiena. Luego hizo algunos ejercicios de estiramiento y carrera estática. Cuando se sintió lista, metió la mano en el bolsillo y sacó unas pinzas.

—Voy a volver a entrar.

—Cuidado con sus dientes, porque muerde —le advirtió Pulga.

—Todos lo aprendimos por las malas —dijo Duncan.

La Hiena tomó una bocanada de aire y abrió la puerta.

—Nunca te olvidaré —exclamó Jackson, mientras la cerraba.

La Hiena ingresó en la más completa oscuridad. Matilda había roto todos los focos del salón. Muy lista. Como no podía verla, no podría depilarla. Además, tenía una ventaja de combate, porque sus ojos habían tenido más tiempo para acostumbrarse a la escasa luz. De todas formas, como candidata a asesina y ahora espía muy competente, la Hiena había aprendido algunas cosas sobre cómo encontrar a personas que preferían mantenerse ocultas.

—Ráfaga, podemos hacerlo por las buenas o por las malas, como quieras. De todas maneras voy a convertirte en un bombón.

—Acércate, acabada reina de la belleza —sonó la voz de Ráfaga entre las sombras.

La Hiena se erizó. ¿Cómo que "acabada"? ¡Fue la Princesa del Callejón de los Tornados de Oklahoma dos años seguidos! ¡Obtuvo el segundo lugar en el concurso Miss Preadolescente! ¡Se había retirado en la cima de su éxito!

—No lo tomes de manera personal —dijo, pero sus palabras quedaron sofocadas por el sonido de motores de cohetes. De repente, el salón se iluminó como en una exhibición de juegos pirotécnicos. Cegada temporalmente, la Hiena no vio que Ráfaga volaba sobre su cabeza, pero sintió la patada en la oreja.

Por instinto, la Hiena se apartó de la trayectoria de Ráfaga y se estrelló contra la pared. La oreja y el hombro le ardían.

–Dale las gracias a tu buena estrella, agente secreta Barbie –le gritó Matilda, al tiempo que la rodeaba, preparándose para otro ataque–. Hubiera podido arrancarte la cabeza de los hombros.

Mientras Matilda se jactaba, la Hiena la estudió para descubrir sus debilidades. Percibía dos: la ira influía en sus decisiones, y había dejado los pies expuestos cuando saltó. La Hiena pensó en aprovechar las dos en su contra.

–Para ser una niña que necesita un banquito para subir al retrete tienes demasiada confianza en ti misma.

Ráfaga gruñó y se abalanzó en línea recta contra ella.

La Hiena tenía que sincronizar bien su ataque. Si fallaba, así fuera por el mínimo margen, era muy probable que Matilda le pusiera morado el otro ojo. La miró fijamente y justo antes del impacto se dobló hacia atrás como un arbolito en el viento y atrapó a Ráfaga de un pie.

–¡Te tengo! –gritó triunfante la Hiena, sujetando a la niña, que volaba por todo el salón–. Es un truco que aprendí en gimnasia. Lo usaba en mi exitosísima carrera en los concursos de belleza, y lo uso ahora como exitosísima espía.

Quería sonar confiada porque estaba segura de que se iba a matar. Matilda pataleaba y rebotaba por todo el salón tratando de deshacerse de su indeseada pasajera. Revolcó y sacudió a la Hiena. La jaló al descender en picada y la arrastró. De algún

modo, la Hiena tuvo fuerzas para trepar por el cuerpo de Ráfaga milímetro a milímetro, hasta quedar sentada en su espalda.

–¡Aterriza! –le exigió.

–¡No!

–¡Deja de ser tan infantil! –continuó la Hiena–. No te voy a lastimar… no tanto.

–¡No soy infantil! No quiero ser hermosa.

La Hiena entendió que era el momento de hacer algo drástico. Con una mano le tapó los ojos. Matilda perdió el control y las dos zumbaron por el salón, tan ciegas como murciélagos. Con Matilda vulnerable, la Hiena tomó las pinzas, aferró una mata más bien gruesa de cejas entre los ojos de Matilda y jaló. La chica bramó como un toro herido y ambas cayeron al duro suelo.

La Hiena no tenía tiempo para atender sus heridas. Saltó encima de Ráfaga y le inmovilizó los brazos con las rodillas. Fue entonces cuando empezó la verdadera depilación.

–¡Ay! –gritó Matilda–. ¡Duele!

–Deja de quejarte. Te acostumbrarás.

–No quiero acostumbrarme. Me gustan mis cejas como son.

–"Cejas" es el plural de "ceja". ¡Tú nada más tienes una ceja gigante! No puedes ser porrista si te ves como Beto, el de *Plaza Sésamo*. No te muevas.

Matilda frunció el ceño.

–¡*Así* quiero verme!

—Mira: cuando la misión termine puedes volver a ser un bicho peludo, pero por ahora debes salvar al mundo, y para eso tienes que estar preciosa —dijo la Hiena jalando otro vello mal puesto.

—¡Ay! —gritó Ráfaga.

Veinte minutos después, la ceja de Matilda eran dos cejas. Cuando la Hiena le ofreció un espejo para que viera los resultados, Matilda estaba tan cansada de luchar que casi no se dio cuenta del cambio.

—¿Estoy lista?

—¿Lista? ¡Si acabamos de empezar!

Las siguientes siete horas fueron las más extenuantes en la vida de la Hiena. Sacó a relucir lo mejor de sus conocimientos enciclopédicos sobre los secretos de belleza, así como su amplia experiencia en sujetar personas. Amarró a Ráfaga a una mesa y se puso a trabajar con el acondicionador, el champú y el desenredante. Exfolió su piel con té verde, algas y arena. Roció a la niña con autobronceadores, la envolvió en hojas de eucalipto y las cubrió de lodo y chocolate. Vigiló el blanqueado láser de los dientes y le cubrió el rostro con vegetales y pimienta de cayena. Para pulir y abrillantar las uñas de los pies de Ráfaga casi hizo falta una lijadora eléctrica. La sumergió repetidamente en una tina de humectante para suavizar la piel escamosa de pies y brazos. Cuando la Hiena terminó, estaba cubierta de arañazos y moretones, le faltaba un mechón del pelo y había perdido un diente frontal. Pero Matilda Choi era bella de pies a cabeza.

Al día siguiente, a las ocho en punto, la Hiena entró cojeando en el gimnasio de la escuela Nathan Hale. Llevaba una radio-grabadora y vestía su leotardo negro de baile. Matilda ya la espe-raba, pero llevaba una playera que daba la impresión de que se la había robado al hombre más gordo del mundo.

—¿Qué traes puesto?

—Estoy cómoda —contestó Matilda con mala cara.

—Te ves como si te hubieras enredado en tu paracaídas. No puedes usar eso para aprender a ser porrista. Necesitas tener li-bres los brazos y las piernas.

—Están bastante libres como para noquearte —la amenazó.

Las dos chicas se miraron una a la otra por un buen rato, cal-culando quién ganaría en una pelea a golpes. La Hiena tuvo que admitir que no estaba segura.

—¡Bueno! —exclamó—. Ponte lo que quieras. Vamos a empezar con elementos básicos: ¡aplaudir!

—No necesito clases de aplaudir.

—¿De veras? Vamos a ver.

Mientras la Hiena observaba, Matilda chocó las palmas como si acabara de ver una película excelente: floja y errática.

—¡Ahí tienes! Siguiente lección.

—Estaría bien para aplaudir a un tractocamión, pero no para ani-mar a un equipo. Primero, tienes que poner las manos al nivel de tu barbilla. Los dedos deben estar rectos y las manos como aspas. No extiendas los brazos más allá de los hombros. Es muy concreto.

Matilda lo intentó a regañadientes. Mostraba la misma reacción a todo lo que la Hiena quería que hiciera. Ráfaga podía ejecutar volteretas impecables al frente y atrás, y saltar y patear como la mejor porrista de todos los tiempos. Pero la tarea requiere entusiasmo y una sonrisa, y ella no tenía nada de eso. Farfulló algunas palabras. Su sonrisa parecía una mueca. Su lenguaje corporal hablaba a gritos de disgusto y desdén. Después de horas de esfuerzos vanos la Hiena alzó los brazos al cielo:

—¡Es inútil! —declaró.

—¡Exacto! —dijo Matilda.

—Las porristas tienen mucha energía y entusiasmo. Tú te portas como si estuvieras en un funeral.

Matilda gruñó.

—¡Hago lo mejor que puedo!

—No, no es verdad —ladró la Hiena—. Tienes pésima actitud. ¿Crees que la Asociación Nacional de Porristas busca una chica que se suena la nariz con los pompones? Te consideras demasiado buena para esto, pero hay cientos de chicas que realmente quieren ser porristas y tú ocupas su lugar. Ni siquiera eres capaz de mostrarles respeto haciendo bien las cosas.

Matilda pataleó.

—Todos saben que no soy una niña delicada. Quiero un descanso.

—¿Un descanso? ¡Las pruebas son mañana, Ráfaga! Trato de enseñarte algo que toma meses aprender y solo tienes esta noche. No hay tiempo para descansos ni para tu mala actitud.

La Hiena tenía ganas de darle una paliza; en realidad, solo quería darle una patada en la retaguardia, pero ¿qué solucionaría con eso? ¡Nada! Estaba perdiendo el tiempo. Los NERDS tendrían que encontrar a Gerdie Baker de otra manera. La Hiena cruzó el gimnasio a grandes zancadas y salió al pasillo. Afuera, aporreó un armario y gruñó.

—Te acercas a ella de la manera equivocada —le dijo Duncan. Estaba junto a la puerta y había visto todo.

—Ah, ¿sí? ¿Tú cómo lo harías, pegajoso?

—Dejaría de querer que se adapte a tu forma de enseñar y empezaría a adaptarme a su forma de aprender —respondió Duncan—. No es como otras chicas. Se interesa en cosas que alejarían a la mayoría. Encuentra el modo de conectarte con esas cosas.

—¿Así que lo suspendo todo y me dedico a conocerla? No tenemos tiempo.

Duncan afirmó con la cabeza.

—Muy bien. Te digo las cinco cosas favoritas de Matilda, en orden: la lucha libre profesional, las peleas de Ultimate Fighting, golpear a la gente en la cara, golpear a la gente en el estómago, patear a la gente.

—¡Las porristas no practican combate! —dijo la Hiena.

—¿No? Pues dan muchos golpes y patadas en el aire —repuso Duncan. Dio media vuelta y se marchó por el pasillo.

La Hiena vio cómo el chico regordete se alejaba tambaleándose y se puso a pensar en lo que le había dicho. Las porristas y las luchadoras son totalmente diferentes. Miró el reloj y suspiró. Se les acababa el tiempo y las ideas. Bien podría hacer la prueba.

Empujó las puertas del gimnasio y entró. Matilda estaba tumbada en el piso, mirando al techo.

—¿Volviste por más?

La Hiena se inclinó sobre la niña. La miró largamente, tratando de encontrar la conexión de la que hablaba Duncan. Las porristas se la pasaban saltando y haciendo acrobacias, mientras que en las luchas...

—Vamos a intentar de nuevo las palmas —dijo la Hiena.

Matilda se puso de pie con fastidio y colocó las manos en posición.

—Imagina que tienes entre las manos la cabeza de un malvado.

—¿Cómo dices?

—Vas a aporrearle las orejas para que pierda el equilibrio y se ponga a llorar —le explicó la Hiena—. No quieres que se escape, así que mantendrás las manos dentro del espacio que abarcan tus hombros.

—Buen consejo —dijo Matilda, con un brillo repentino en la mirada.

—Además, conserva las manos rectas y firmes. Una palmada rápida y contundente le romperá los tímpanos, lo cual es una ventaja.

—¿Así? —preguntó Matilda y produjo enseguida una perfecta palmada de porrista.

La Hiena sonrió.

–Exactamente. Es oscura y perturbadora, pero perfecta. Ahora probemos unas patadas voladoras.

Matilda frunció el entrecejo.

–Ya sabes, para patearle la cara a alguien –agregó la Hiena.

Matilda sonrió.

Las dos chicas se pusieron a trabajar. La Hiena le enseñó a la pequeña espía todo lo que sabía, pero adaptándolo a las violentas preferencias de Matilda. Cuando la niña se imaginaba que aplastaba la cabeza de alguien, lo hacía con empeño.

Practicaron toda la noche y cuando salió el sol, la Hiena sonrió. Matilda era una porrista de primera clase, aun con la sed de sangre en la mirada.

La Hiena salió del gimnasio y se encontró al agente Brand en el pasillo.

–Ya terminé mi trabajo –le dijo.

8

38°54' N, 77°05' O

–¿Porrista? –preguntó Molly con escepticismo.

–¿Porrista? –chillaron los hermanos de Matilda al unísono.

–¿Porrista? –preguntó Ben–. ¿Quieres ser porrista?

Matilda asintió.

–¡Es cómico! –exclamó Mickey, y los otros chicos rieron a carcajadas. Marky cayó sobre el sofá, gimiendo entre risas.

–Cállense, payasos –soltó Molly, y luego concentró su atención en la señorita Holiday.

–¿Mi hija quiere pararse frente a los equipos de fútbol americano y agitar unos pompones? –preguntó Molly. Su rostro parecía de piedra.

–Hummm; sí –dijo la señorita Holiday. La bibliotecaria había acudido a casa de los Choi para convencer a los padres de Matilda de que le permitieran hacer la prueba para la ANP. Ben Choi parecía entusiasmado… y ligeramente desconcertado por la nueva apariencia de su hija. Molly, sin embargo, reaccionaba con seriedad y suspicacia. Eso había destrozado la confianza de la señorita Holiday, que sentía que la mujer podía escuchar sus pensamientos.

–Para dejar esto en claro, las porristas de competencia no animan a los equipos deportivos. Es en sí mismo un deporte que combina acrobacias y baile.

Ben intervino, asintiendo con la cabeza.

–Molly, las competencias de porristas son muy populares. Yo tomé algunas fotografías para una revista. A la gente le encanta.

–Eso no tiene sentido –dijo Mark–. Si no hay equipo, ¿entonces a quién animan?

–Marky, ¡silencio! –lo reprendió Molly, y luego se volvió hacia la señorita Holiday–. Eso no tiene sentido.

La señorita Holiday se volvió hacia Ráfaga, que estaba sentada en un sofá. Esperaba que la niña le ayudara a ganarse a su mamá, pero solo se encogió de hombros.

–Si se integra al equipo irá a un campamento de porristas aquí mismo, en Arlington, donde ella y las demás chicas de su edad se prepararán para la competencia nacional, que se llevará a cabo en el estadio de D.C. Estará ausente una semana y completamente supervisada todo el tiempo.

—¿Por qué la escuela se ocupa de las porristas durante el verano? —cuestionó Molly.

La señorita Holiday parpadeó. No estaba preparada para semejante pregunta, aunque era perfectamente razonable. ¡Por supuesto que la escuela no tenía nada que ver! ¿Qué podría responder? La señora Choi se veía como si pudiera percibir el olor de una mentira a kilómetros de distancia.

—Ellos creen que eso me ayudará a salir de mi caparazón —dijo Matilda.

—Ya te he visto salir de tu caparazón. Diles que ahora debes volver a entrar —comentó Moisés. Eso hizo que el resto de los chicos se doblaran de la risa otra vez.

Molly se puso de pie.

—Todos ustedes, ¡fuera! ¡Vayan a ver si llueve! —aulló.

Los chicos salieron corriendo de la habitación como si intentaran huir de un volcán en erupción. Una vez que desaparecieron, Molly regresó a su asiento. Sus ojos se posaron en la señorita Holiday una vez más. La bibliotecaria podía sentir la sospecha que irradiaba.

—También me enseñará algunas habilidades de liderazgo —agregó Matilda.

—¿Liderazgo?

—¡Claro! —dijo la señorita Holiday—; le enseñará cómo trabajar en equipo.

Molly puso los ojos en blanco.

—Matilda no necesita saber cómo trabajar en equipo, sino cómo encabezar uno. Viene de una familia de mujeres muy fuertes. Sus hermanos necesitarán su guía. ¡Usted los vio! ¿Qué pueden ofrecerle las ridículas porristas a mi hija para lograr que sus hermanos le teman?

La señorita Holiday se puso de pie y se alisó la falda. No podía permitir que esta mujer interfiriera en la seguridad del mundo.

—Yo fui porrista cuando estaba en la escuela, señora Choi. De hecho, la única razón por la que fui a la escuela fue porque gané una beca gracias a eso. Cuando llegué, las demás chicas me molestaban, pero trabajé mucho y antes de que cualquiera de ellas se diera cuenta me convertí en la capitana del equipo, y las hice trabajar duro. La mayoría de las chicas aprendió a respetarme, y aquellas que no lo hicieron, aprendieron a temerme. Cuando ya todo estaba dicho y hecho, mi equipo ganó el campeonato nacional. Usted querrá saber cuántas chicas desorganizadas e irrespetuosas me las arreglé para manejar, señora Choi. ¡Veinticuatro! Si usted permite que Matilda haga la prueba para este equipo, creo que las cosas que aprenderá acerca del liderazgo serán más que suficientes para manejar a seis hermanos rudos. ¡Mucho más que suficiente!

—¿Ben? –preguntó Molly.

El señor Choi sonrió.

—Yo estoy dispuesto. Cualquier cosa que logre apartar a mi hija de esa ropa desaliñada y las botas de combate que tanto le gustan. Solo mírala; ¡qué belleza! Yo digo que sí.

Molly entrecerró los ojos y una arruga reprobatoria surgió entre sus cejas. Sacudió la cabeza, luego se puso de pie y salió de la habitación.

—Lo lamento, señorita Holiday —dijo Ben mientras se levantaba de su silla—. En estos días la madre de Matilda y yo rara vez nos enfrentamos, pero tengo que respetar sus decisiones incluso si no estoy de acuerdo.

La señorita Holiday se quedó mirando mientras el señor Choi seguía a Molly fuera de la habitación.

—Alexander va a rugir. Lo vuelve loco necesitar permiso de los padres para enviar un agente a salvar el mundo.

—A lo mejor la Hiena puede ir en mi lugar —dijo Matilda, tratando de disimular su alegría.

Justo en ese momento, Molly regresó con algo bajo el brazo.

—No puedes ir, pequeña M, a menos que alguien de nuestra familia vaya también para cuidarte —le ofreció a Matilda la pequeña estatua de piedra—. Llévate al abuelo contigo. Mantenlo en tu bolsillo. Él te protegerá, tanto si encabezas el equipo de porristas —dirigió la vista hacia la bibliotecaria— como si tienes que hacer algo peligroso.

La señorita Holiday tragó saliva.

9

Matilda y el agente Brand se sentaron afuera de la YMCA de Arlington, Virginia. Un río de niñas bonitas cruzaba las puertas dobles para dirigirse a las pruebas del equipo Fuerza de Ataque, el escuadrón de porristas de élite de la División Juvenil de la Costa Oeste, al que los NERDS creían que se había unido Gerdie.

Miles de chicas como Matilda habían venido de todo el país para competir por las nueve vacantes que se rumoreaba que había. A diferencia de Matilda, eran pura energía y sonrisas. Ella quería pegarles en la cara. Odiaba la falda que se agitaba sobre sus piernas. Odiaba la hora que se había tardado en peinarse y maquillarse. Odiaba que le dolieran las mejillas de tanto sonreír. ¡Si tenía que ser agente encubierta, prefería ser torera o luchadora! Y el hecho de que las chicas entraran felices y animadas por las puertas del auditorio y salieran deshechas en llanto solo empeoraba las cosas, porque Matilda se ponía nerviosa. No porque fuera a caerse ni porque se viera tonta; algo así se esperaba. No. Le preocupaba darles un puñetazo a los jueces. Lo que fuera que le dijeran a las chicas, era brutal. No había visto tantos lloriqueos desde el día en que retó a los hombres del club de alumnos Alfa Sigma Phi a una pelea a golpes.

El señor Brand estaba todavía más nervioso que ella. El ex espía se mostraba imperturbable casi todo el tiempo. Matilda había oído que una vez combatió a una docena de asesinos únicamente con los puños y una botella de champaña. Pero ahora no dejaba de golpear repetidamente el piso de mármol con el pie derecho, como si fuera un martillo neumático. Quizá se sentía incómodo sin su esmoquin. Pues, para mantener un perfil bajo, llevaba pantalones de lino y camisa blanca.

—¿Por qué no vino la Hiena a darme sugerencias? —preguntó Matilda, con la esperanza de distraer al espía para que dejara de zapatear—. Usted no fue porrista, ¿o sí?

El señor Brand sacudió la cabeza:

—La Hiena tiene otras responsabilidades.

—¿Sí? ¿Exactamente cuáles?

Brand se puso rígido.

—Lo siento, pero no estás autorizada para tener acceso a esa información.

–Tengo la autorización de Seguridad más amplia del país –exclamó Ráfaga, pasmada–. ¡Tengo una autorización con más privilegios que el presidente!

El rostro de Brand decía que no era momento para presionarlo. La misión de la Hiena era un secreto que quedaría para otra ocasión.

–La señorita Holiday fue porrista en la universidad. ¿Por qué no vino?

–Porque fue transferida al equipo unos días antes de que la madre de Mateatleta se la llevara a Ohio. Estuvieron juntas muy poco tiempo, pero si Gerdie reconociera a Lisa, nuestro plan fallaría –dijo Brand.

–¡Ah, Lisa! ¿Ya se tutean?

–La señorita Holiday y yo nos hicimos… amigos –dijo, sonrojado.

–¿Amigos que se abrazan y se besan?

Matilda sabía que el hombre se sentía incómodo. No dejaba de tocarse el cuello de la camisa como si lo estrangulara.

–La señorita Holiday te mandó una lista de tips y una galleta –le dijo, y le puso los regalos en las manos.

Matilda dejó la galleta a un lado. La bibliotecaria era una dama maravillosa, pero su repostería bordeaba lo peligroso. La galleta era tan dura como la tapa de una alcantarilla. Abrió la carta: "Querida Matilda: Quiero darte mis mejores consejos para tu prueba. En primer lugar, sé positiva. A nadie le gusta ver una porrista cascarrabias".

–Me dijo que practicara sonreír contigo –dijo Brand–. Dame tu mejor sonrisa.

Ella sonrió.

El agente Brand sintió pena ajena.

–¡¿Qué?!

–Se supone que tienes que verte feliz cuando sonríes.

–Muy bien. Dígame algo que me haga sonreír.

–Piensa en ponis. A las chicas les gustan los ponis, ¿no es verdad?

Matilda hizo un gesto de desagrado.

–A mí no me gustan.

–¿Encajes?

–¡Uy, sí!

–¿Muñecas?

–¡Tengo casi doce años!

–¿Pues qué te gusta, entonces?

–Ehhh… demoliciones, explosiones, hogueras –dijo Matilda–. Me gusta ver pleitos callejeros. Me encantan los deportes que usan hachas y casi todo lo que tiene que ver con la lucha libre.

–Entiendo –contestó Brand–. Imagínate que vas al parque con un luchador profesional. Es un día hermoso. El sol brilla. No hay una nube en el…

–¡Y encontramos una pandilla de golpeadores y les damos unos cabezazos! Mientras están aturdidos, me trepo a un árbol y salto sobre ellos para hacerles una llave de perro superatómico.

Luego, cuando están tirados en el suelo, les estrello una silla metálica en la espalda.

—¿Por qué hay una silla metálica en el parque? —preguntó Brand y enseguida suspiró—. No importa. Lo que importa es que estás sonriendo, pero tienes que mejorar. Sospecho que no quieren a una porrista que parece salida de un manicomio.

Matilda lo fulminó con la mirada y se concentró en la lista de la señorita Holiday: "En segundo lugar, mira a las juezas a los ojos. Quieren sentir que las acrobacias son para ellas".

—Mirarlas a los ojos, correcto —dijo Brand—. Recuerda lo que te enseñamos en tu entrenamiento como espía. Mirar a los ojos despierta sentimientos de confianza y hospitalidad.

—¿De verdad? Porque lo he hecho para intimidar a la gente. ¡Debería ver cómo funciona con los perros! Huyen como si hubieran visto al diablo.

—Sigue leyendo.

—"Lo tercero es aprovechar tus puntos fuertes" —leyó Matilda—. ¿Cuáles son mis puntos fuertes?

Se dio cuenta de que Brand no se sentía a gusto haciéndole cumplidos.

—Eres una atleta dotada. Usa tus habilidades acrobáticas. Además, trata de convertir esa energía feliz que tienes cuando le tiras los dientes a alguien en una expresión positiva, de esperanza y gozo. Si eso no sirve, le pedí a los cerebros del Patio de Juegos que fabricaran algo para ti.

De su portafolios sacó cuatro inhaladores nuevos y un cinturón de cuero con pequeñas ranuras para sostenerlos.

—¿Qué es? —preguntó Matilda mirando con curiosidad los objetos.

—Inhaladores especiales.

Matilda se puso el cinturón.

—¡Y un cinturón multiusos! ¡Soy como Batman, pero asmática!

—Pueden ser útiles en esta misión. El juego azul funciona como aparato de respiración submarina. Tienen suficiente aire concentrado para mantenerte viva seis horas. Uno nunca sabe cuándo podría hacer falta algo así. El juego verde es el que esperamos que te ayude hoy. Si aprietas el émbolo, te elevan sobre el suelo.

—Esteee… ya tengo un juego que hace eso.

—Pero no es igual. Estos son inhaladores silenciosos. No producen explosiones ni llamas de cohete. Apenas susurran. Vas a poder dar volteretas adelante, atrás y dar saltos mortales más altos que las otras chicas. Pegote dice que si accionas el mecanismo mucho tiempo, podrías llegar a la plataforma de observación del edificio Empire State, pero no creo que lo necesites hoy.

—Muy bien, pero eso es hacer trampa, señor Brand.

—En el amor y en la seguridad nacional todo vale. ¿Qué más dice la carta?

Matilda dirigió su atención a las notas de la señorita Holiday.

—¿Dice: "No ulules"?

–Lisa... es decir: la señorita Holiday dice que es una especie de reacción nerviosa de algunas niñas cuando salen a la pista. Se ponen a gritar "uuu" muchas veces.

–¡Qué tonto! ¡Prometo que no voy a "ulular"!

–Ya veo que no lo harás. Dice que es muy fastidioso.

La puerta se abrió y una pelirroja preciosa asomó la cabeza al pasillo. Tenía una enorme sonrisa y sus ojos brillaban de emoción. Matilda recordó la vez que Pulga se comió tres pasteles de helado de un bocado. Tardaron una hora en bajarlo del techo.

–¿Matilda Choi? ¿Estás lista para ENTRARLE?

Matilda asintió con la cabeza y se puso de pie. Volteó hacia el agente Brand.

–Bueno, creo que ya tengo que ir a "entrarle".

–¿Qué te parece si vuelves a ensayar una sonrisa? –dijo el espía.

Matilda hizo una sonrisa forzada.

–¿Qué tal esta?

–Parece que te acaba de picar una avispa –dijo Brand–. Se veía mejor cuando soñabas en romperle la cabeza a alguien. ¡Piensa en sillas metálicas!

Matilda cruzó la puerta y entró en el gimnasio oscuro. En el centro había un reflector y detrás una tarima con una mesa rodeada por siete figuras vagas. Cuando le dio la luz del reflector en el rostro, ya no pudo ver al jurado. Quizás era lo mejor. Si tuviera que ver a siete idiotas sonrientes, tal vez no terminaría su prueba.

El único inconveniente era que no podría empezar a buscar a Gerdie Baker. Si atrapaba a Mateatleta enseguida, se ahorraría toda la misión. Apenas habían pasado dos días, pero ya estaba harta de exfoliarse los poros.

—¡Nombre! —gritó una niña.

—Matilda Choi.

—Matilda no es buen nombre para una porrista. Te llamaremos "Maddie".

Las demás niñas murmuraron la decisión, dieron su acuerdo y volvieron a fijarse en Matilda.

—Muy bien, Maddie, anímanos. Y trata de no hacernos perder el tiempo —exigió una voz.

Matilda asintió con la cabeza y tomó una dosis de su inhalador medicinal.

—¡Es para hoy! —dijo con brusquedad otra voz.

Irónicamente, las juezas le dieron a Matilda un motivo para sonreír, cortesía de un ensueño en el que les pateaba la cara.

—¿Están listos? ¡Muy bien! —gritó y aplaudió imaginando que aplastaba sus cabezas—. ¡Ánimo, equipo! ¡Claro que sí! ¡Ánimo, equipo! ¿Qué hay de ti?

Hizo tres *flic flac* y un *rondouff*; luego, corrió al frente e hizo una media luna con una sola mano. Dio un triple salto mortal y cayó perfectamente de pie. Cada vez que saltaba usaba los nuevos inhaladores para ganar algunos centímetros más de altura. En la siguiente ronda, dos volteretas al frente se convirtieron en una vuelta de ciento ochenta grados, algo que nunca hubiera podido hacer por sus propios medios. Terminó su rutina con un *spagat* impecable.

Se quedó quieta, con las manos en las caderas, sonriendo lo mejor que podía y mirando hacia las juezas. Probablemente se habían dado cuenta de que era falsa: ¡el maquillaje y la ropa no engañarían a nadie! Había arruinado la misión.

Entonces abrió la boca e hizo algo que pensó que nunca haría:

–¡¡Uuuuu!!

–Estás dentro, Choi –dijo una del jurado–. Bienvenida al equipo Fuerza de Ataque.

–¡¿Qué?! ¡¿De verdad?!

Matilda no podía creer lo feliz que se sentía. De hecho, estaba enojada por sentir tanto gusto de que la aceptaran esas desconocidas. Si no hubiera estado en una misión, se habría sentido más que encantada de decirles dónde meterse su aceptación. Pero asintió con la cabeza, dio las gracias y salió del gimnasio sin golpear a una sola persona.

El señor Brand seguía afuera, junto a la puerta, donde lo había dejado. Se veía inquieto, se retorcía los dedos y zapateaba.

–¿Qué pasó? ¡Oí que alguien ululaba!

FIN DE LA TRANSMISION

—○ OK, POR CONSEJO DE LAS FUERZAS
DEL ORDEN PERMANECERÉ EN OTRA
HABITACIÓN MIENTRAS HACES EL RESTO
DE ESTE EXAMEN. TIENES UN BOLÍGRAFO
EN LA MANO Y FÁCILMENTE PODRÍAS
USARLO COMO ARMA, ASÍ QUE...

EN UNA ESCALA DEL 1 AL 10,
INDICA TUS SENTIMIENTOS EN RELACIÓN
CON ESTA LISTA DE DELITOS;
1 EQUIVALDRÍA A "CRIMEN EN CONTRA
DE LA HUMANIDAD" Y 10 SERÍA
"UNA FECHORÍA MINÚSCULA".

1. ESTRELLAR UN AUTO
   CONTRA UN ORFANATO ( )
2. TOMAR AL MUNDO DE REHEN ( )
3. SECUESTRAR UNA MASCOTA ( )
4. DERROCAR UN GOBIERNO ( )
5. CREAR HÍBRIDOS MITAD
   HUMANOS MITAD ANIMALES
   PARA DOMINAR EL MUNDO ( )
6. TRAICIONAR A LA RAZA
   HUMANA CON LOS LÍDERES
   ALIENÍGENAS ( )
7. TRATAR DE ABRIR UNA PUERTA
   HACIA UNA DIMENSIÓN
   DIABÓLICA ( )
8. CONSTRUIR UN ROBOT
   GIGANTE PARA APLASTAR
   UNA CIUDAD ( )
9. HACER EXPLOTAR LA LUNA ( )
10. HACER LLORAR A TU MAMÁ ( )
11. REÍR MIENTRAS
    TU MAMÁ LLORA ( )

MUY BIEN; VAMOS A VER ESOS NUMEROS:

———————————————

ES PREOCUPANTE
QUE LA CIFRA SEA TAN ALTA.
TODOS ESTOS CRIMENES SON MUY,
MUY MALOS, DE VERDAD.

ERES UN PEQUEÑO DEMONIO DE TASMANIA.

ACCESO CONCEDIDO

COMENZANDO TRANSMISION:

10

Heathcliff... o más bien Conejo, es decir, Simon... no, Chiflado, o comoquiera que se llame, odiaba el Hospital Arlington para Criminales Psicóticos. Odiaba a los doctores y a las enfermeras. Odiaba a los guardias de seguridad. Odiaba la aburrida pintura gris de las paredes y las insípidas comidas, que se servían en platos de plástico. Odiaba las sombrías luces fluorescentes y el parche de pasto moribundo al que llamaban patio. Se juró a sí mismo que cuando dominara el mundo lo primero que haría sería destruir el hospital con una gran bola demoledora, o quizá explosivos. No, ¡con un cohete! De hecho, imaginar el edificio en llamas le ayudó a soportar esas interminables horas con una sonrisa en el rostro.

Pero había una cosa que disfrutaba completamente de estar encerrado en el manicomio: la clase de artes y oficios. Dos veces a la semana se arreaba a los pacientes al salón de artes y se los animaba a explorar sus sentimientos utilizando barro, pintura y papel maché. Aquel día Chiflado trabajaba con pegamento, maíz seco, legumbres y otros vegetales. Fue entonces cuando descubrió su nueva pasión. Si el asunto de "dominar el mundo" no tenía éxito, bien podría tener una lucrativa carrera como artista callejero.

—Muy bien, atención todo el mundo —dijo la doctora Sontag—. Estoy feliz de ver a muchos de ustedes trabajando en sus proyectos con tanta concentración. Es hora de compartir lo que han creado. ¿Por qué no empezamos por Bob?

Heathcliff se burló. Bob era un asesino serial que no tenía ojo para el color o la línea. Cuando el torpe alzó su lienzo, Conejo debió usar toda su fuerza de voluntad para no hacerlo trizas y reírse en su estúpida cara. ¿Un bote de remos en un pequeño riachuelo?, ¿a eso le llamaba arte?

—Un encantador paseo por el agua —dijo la doctora Sontag—. ¿Por qué no nos cuentas lo que te hace sentir?

—Mi padre solía llevarme a ese río cuando era pequeño, antes de que empezara a escuchar las voces —balbuceó Bob.

Chiflado torció los ojos.

—Se ve que significa mucho para ti, Bob. Vayamos ahora con Chucky —dijo la doctora—. Veamos tu obra maestra.

Chucky Swiller era un idiota al que le colgaba la mandíbula y tenía cara de orangután (y el talento artístico de uno). Había pintura por todos lados, incluyendo su tonta cara pecosa.

—Hice una casa —dijo.

—Y se está incendiando —comentó la doctora Sontag con un leve gesto de preocupación. Chucky estaba internado porque le gustaba jugar con fósforos y gasolina.

—Oh, ¿eso fue lo que hiciste? —dijo Chiflado— ¡Parece que te tragaste todas tus pinturas y las vomitaste sobre el lienzo!

La doctora Sontag frunció el ceño.

—¡Heathcliff, este no es un sitio para juzgar! Lo que Chucky haya elegido crear con su arte es válido. ¡Discúlpate con él!

Chiflado suspiró.

—Lo siento, Chucky. Lamento que seas claramente daltónico y no sepas lo elemental sobre perspectiva o cómo abocetar en tres dimensiones. Lamento que tu trabajo sea malo, pero sobre todo lo lamento por mí, ya que soy el único que se preocupa por ti lo suficiente como para decirte lo terrible que es tu obra y que debes dejar de pintar. Vuelve a ser pirómano y deja de torturar al mundo con tu horrible arte.

El rostro de la doctora se frunció en un gesto de impaciencia. Respiró profundamente, parecía contar números para sí misma en un intento por conservar la calma. Cuando terminó volteó hacia Chiflado.

—Muy bien, Heathcliff; muéstranos lo que has hecho.

–Doctora Sontag, le pedí que me llame Chiflado.

Ella suspiró, exhausta.

–Chiflado, muéstranos lo que has hecho.

El chico expuso orgulloso su trabajo. Era un tríptico –una pintura de tres paneles– que mostraba imágenes de gran destrucción provocada por vegetales deshidratados. El panel de la izquierda mostraba pequeñas vainas de legumbres huyendo y gritando mientras un robot–nabo gigante pisoteaba las calles detrás de ellas. En el panel de la derecha se veía un mar de prisioneros marchando a través de un campo en llamas con guardias armados que vigilaban cada uno de sus movimientos. En el panel central había una zanahoria bebé y una cebolla que representaba al propio Heathcliff, sentado en un trono que a su vez aplastaba el planeta Tierra.

La doctora Sontag suspiró de nuevo.

–A ver, todo el mundo, ¿cómo se sienten con esto?

El doctor Conflicto levantó lentamente la mano y la doctora Sontag respondió:

–Sí, doctor Conflicto, ¿el trabajo de Heathcliff… quiero decir, de Chiflado, te hace sentir algo?

–Triste… asustado.

–Hizo que mojara mis pantalones –dijo Chucky.

Chiflado sonrió, orgulloso.

–Mira, Chucky, el buen arte crea respuestas emocionales en el espectador. ¡Quería que mojaras tus pantalones y lo hiciste!

Ahora quisiera decirles cómo me hace sentir. Este trabajo es importante porque es más que una pieza hecha de materiales deshidratados: es un vistazo a un futuro inevitable. Notarán la desesperación en los rostros de mis víctimas. Y mi autorretrato luce suficientemente bien como para comerse. ¡Inclínense ante mi genio artístico!

—Atención todo el mundo: creo que por hoy ha sido suficiente —dijo la doctora Sontag—; de cualquier manera, necesito hablar con mi jefe para que me transfiera.

Las puertas del salón se abrieron e hicieron su entrada varios guardias enormes. Chiflado los ignoró y se colocó cuidadosamente al lado de su obra maestra. Los vegetales son muy frágiles y quería preservar su tríptico. Algún día, cuando estuviera a cargo, las masas querrían ver sus primeros trabajos como artista.

—*Psssst* —escuchó. Volteó hacia uno de los guardias y gruñó. Entonces se dio cuenta de que el hombre no era uno los musculosos tontos que lo atormentaban a diario, sino ¡uno de sus propios matones!

—¡Viejo amigo!, ¿cómo lograste entrar aquí? —le susurró de vuelta.

—Noqueé al guardia y tomé su uniforme; ahora duerme en el contenedor de basura, sano y salvo. Quería avisarte: Mateatleta ha construido su propia máquina. Está causando estragos adonde quiera que va.

—¿Hay algún efecto secundario? —preguntó Heathcliff.

—Sí, el gobierno intenta mantenerlo en secreto, pero capturaron un cocodrilo del tamaño de un camión en Topeka, Kansas. Además se han perdido varias mezcladoras de cemento en Mineápolis y una librería entera desapareció en St. Louis.

—Son excelentes noticias —exclamó Chiflado.

—Hay otras incluso mejores —dijo el matón—: puedo sacarte de aquí.

—No es necesario, amigo mío —respondió.

El matón estaba visiblemente sorprendido.

—¿Finalmente lograron que perdieras la cabeza? ¿Por qué quieres quedarte?

—¡Porque será mucho más satisfactorio cuando mis más encarnizados enemigos vengan a liberarme! No tendrán más alternativa que abrir las puertas y dejarme salir.

—¿Tus enemigos?

Chiflado asintió y puso en práctica su risa malévola.

—Sí, los NERDS van a derribar la puerta de este hospital para liberarme antes de que te des cuenta.

MATERIAL COMPLEMENTARIO

El siguiente material "artístico" fue incautado de la habitación de Heathcliff Hodge en el Hospital Arlington para Criminales Psicóticos. A pesar de sus esfuerzos, ni el Museo Metropolitano de Arte ni el Museo Smithsonian ni el Louvre de París, Francia, expresaron interés en exhibirlo.

11

Matilda tomó su mochila y subió al autobús que la llevaría al campamento de porristas. Dentro, se encontró con una deslumbrante pandilla de chicas bonitas con las caras más avinagradas y tiesas que hubiera visto. La ojearon de arriba a abajo de la misma manera en que alguien miraría un baño público.

—¡No des un paso más! —dijo una chica. Era una rubia de ojos azules que habría sido bonita si no fuera por su expresión de desagrado.

—No creas que porque entraste en el equipo Fuerza de Ataque estás dentro del grupo. No eres una de nosotras hasta que yo lo acepte, y en este momento digo que no.

—¡Así es! —intervinieron las demás.

Matilda se rio. Conocía a estas chicas; por lo menos conocía su tipo: eran hostigadoras. La Escuela Primaria Nathan Hale estaba llena de ellas. Por suerte, después de soportar el tormento durante años, sabía cómo manejarlas.

—¿Cómo te llamas? —preguntó Matilda.

—Tiffany —dijo la rubia, frunciendo el ceño.

—Así que tú eres la que manda, ¿eh? Lo deduzco al ver cómo te veneran estas taradas.

Las demás se enojaron.

—¡No es verdad! —dijo bruscamente una linda pelirroja, mientras escribía frenéticamente en su teléfono—. ¡Voy a publicar lo grosera que eres!

Tiffany le hizo una mueca a la pelirroja.

—De hecho, sí es verdad. ¡Cállate McKenna!

Se volvió de nuevo hacia Matilda, pero antes de que pudiera decir algo, de la nariz de Matilda salió un estornudo horripilante.

—Ráfaga, ¿me escuchas? —preguntó Brand a través del comunicador. La voz del director sonaba tan fuerte que ella sintió que le retumbaba el cerebro. Le hubiera gustado poder apagarlo, pero por mucho que se sonara la nariz no dejarían de temblarle los tímpanos.

—¡¿Puede bajar un poco ese volumen?! —gritó.

En un instante se dio cuenta de que todas las chicas del autobús la miraban como si hubiera perdido la cabeza. Tiffany se rio y las demás la imitaron.

—¡Chicas, ya se está doblegando ante la presión! —cacareó Tiffany—. Te sugiero que te bajes del autobús y vuelvas a casa, porque no será fácil.

—Me quedo —dijo Matilda.

—No me voy a sentar con la loca —declaró McKenna, mientras las chicas se acomodaban en la parte posterior del autobús y dejaban a Matilda sola, adelante.

—¿Qué quiere? —murmuró entonces.

La voz de Brand resonó en el transmisor:

—Ráfaga, estoy esperando tu informe. Pensé que podrías estar en problemas.

—Estaba enfrentando la hostilidad de las chicas en el autobús, jefe —dijo Matilda—. Ninguna se parece a Gerdie Baker. Si está aquí, le hicieron mucha cirugía plástica. Oiga, me comunicaré en cuanto tenga un momento a solas. No hay mucho espacio aquí dentro.

—Entendido —contestó Brand.

El autobús se estacionó en un campamento rodeado de grandes extensiones de densos bosques. Había un estanque con un pato, media docena de cabañas de madera, un pequeño edificio administrativo y algunas mesas alrededor de un gran patio de prácticas.

Cuando bajaron del vehículo, Matilda y las chicas conocieron a las representantes de la ANP, mucho mayores pero tan animadas como las demás porristas. Les asignaron cabañas a todas y les dieron el horario del desayuno, la comida y la cena. También les dijeron que en el campamento solo había dos reglas: la primera, no vagabundear por el bosque; y la segunda, pasar unos días "porristásticos".

Matilda dio vueltas hasta encontrar su cabaña, pero como fue la última en cruzar la puerta, le tocó la peor cama: un colchón apolillado con una almohada tan delgada como un papel.

Tiffany y McKenna se burlaron de ella cuando dejó su mochila sobre la cama.

—No puedo creer que la hayan puesto aquí, con nosotras —se quejó McKenna. Las dos muchachas salieron deprisa y Matilda quedó sola.

Ella las ignoró y metió su mochila debajo del catre. A continuación se estiró para abrir la ventana que estaba junto a su cama.

—Por tu salud, no abras esa ventana. Los baños están justo afuera.

Matilda giró y vio a una chica apoyada en el marco de la puerta de la cabaña. Era bonita como las demás, pero había algo en su rostro que le daba una expresión amable.

—¡Uf! —exclamó Matilda y soltó el cerrojo.

—Me enteré de que te pusieron en la cabaña de Tiffany y pensé que sería bueno asomarme y verificar si seguías con vida —dijo la chica entre risas.

—La próxima vez, verifícala a ella, no a mí –sugirió Matilda.

—No dejes que Tiffany te moleste –continuó–. Es porrista desde que estaba en pañales, o por lo menos eso dice. La verdad es que aquí no nos conocemos tanto, pero de alguna manera, desde el primer día se convirtió en la jefa. Ya conozco a las de su tipo. Me parece que le gusta que se le resistan.

Matilda asintió, y agregó:

—Entonces le encantará mi gancho derecho.

—Me llamo Kylie –dijo la chica.

—Y yo Matilda –respondió, y se acordó de poner en práctica su sonrisa. Kylie le sonrió también y se ofreció a ayudarla a desempacar. Mientras se ocupaban de las cosas, Kylie la puso al tanto de las otras chicas del grupo: McKenna pasaba casi todo el día enviando mensajes de texto y actualizando sus perfiles de Internet, pues tenía muchos; a Pammy y Lilly les decían las Gemelas Maquillaje y acaparaban todos los espejos disponibles. La llamativa chica asiática que usaba sombra de ojos púrpura se llamaba Jeannie. Las dos chicas afroamericanas eran Toni y Shauna. Contando a Matilda, había nueve chicas nuevas, pero Kylie todavía no las conocía. Matilda se puso a analizar: en total, tenía dieciséis sospechosas, pero se sintió contenta de poder descartar a tres: Jeannie, Toni y Shauna. Aunque se hubiera hecho muchas cirugías plásticas, Gerdie no hubiera podido cambiar de etnia. De todos modos, quedaban trece niñas.

Repentinamente, McKenna entró en la cabaña:

—¡Ey! ¿De qué están hablando ustedes dos?

—De ti —le respondió Kylie.

Matilda casi pudo oler la inseguridad de McKenna, que rápidamente se convirtió en enojo.

—¡Las nuevas compañeras son unas perdedoras! —dijo con furia, al tiempo que oprimía las teclas de su teléfono—. Tengan cuidado con lo que hacen o la próxima vez publicaré algo mucho peor.

Las chicas vieron cómo McKenna salía corriendo de la cabaña.

—Bueno, me imagino que no nos haremos sus amigas —dijo Kylie riendo—. Como sea, es hora de cenar. Van a servir pastel de carne sorpresa. La sorpresa es que apenas diez por ciento de las personas que lo comen, sobreviven.

—Te alcanzo enseguida —repuso Matilda.

Cuando Kylie se fue, ella se tumbó en su catre y anotó en un cuaderno lo que había averiguado del resto del grupo. Como las chicas se veían y se vestían igual, tendría que esforzarse más para seguirle la pista a cada una.

Se reunió con todas para la cena y se dedicó a estudiar sus rostros. Había visto cientos de fotos de Gerdie, pero ninguna de estas chicas se le parecía siquiera un poco. Era frustrante, pero no tanto como su parloteo interminable y excitado sobre cómo iban a "entrarle" y cómo iban a "mostrarles a esas aspirantes por qué el equipo Fuerza de Ataque es el mejor". Matilda tenía miedo de que si no se callaban le dieran ganas de saltar sobre la mesa para estrangular a alguna, así que se disculpó y regresó a su cama para descansar. Tiffany le dedicó una sonrisa desvergonzada cuando se levantó.

—Descansa todo lo que puedas, perdedora —le advirtió—. Te hará falta.

Agotada, Matilda preparó un informe rápido para el agente Brand y cayó dormida.

A las cinco de la mañana, Matilda descubrió exactamente qué había querido decir Tiffany acerca de que le haría falta sueño. La sacudieron violentamente y le dijeron que se pusiera el uniforme de práctica. Se vistió lo más deprisa que pudo y corrió para enfrentarse a lo que resultó una odisea de doce horas.

Puso su mayor esfuerzo en no perder el paso, pero la práctica resultó más dura que su entrenamiento como espía, que había incluido alambre de púas, carrera de obstáculos y robots que le disparaban rayos láser. Memorizar las rutinas era bastante fácil, pero Tiffany insistía en la perfección. Quería que el equipo actuara como si tuvieran solo una mente y que ejecutaran cada palmada, patada y acrobacia exactamente en el mismo instante. En el transcurso del día expulsó a dos de las nueve porristas que había escogido en la prueba de Matilda. Al día siguiente se fueron otras tres. Shauna le contó a Kylie y a Matilda que Tiffany había aceptado más niñas de las que el equipo necesitaba con el único objetivo de poder expulsarlas.

—¿Quieres decir que todavía estoy a prueba? —preguntó Matilda.

Sí, Tiffany ya nos dijo a McKenna, Pammy, Shauna, Toni, Lilly, Jeannie y a mí que fuimos aceptadas en el equipo definitivo.

—¿Cuántos lugares quedan? —preguntó Matilda.

—Uno.

Matilda miró a las otras tres chicas. Era importante que ella se quedara con el último puesto.

Al terminar el segundo día de prácticas, entró tambaleante en su cabaña, con los músculos adoloridos y la cabeza atiborrada de movimientos de baile. Ni siquiera quiso comer, sino que se trepó en su cama y se quedó dormida. Había planeado levantarse en la noche para revisar las pertenencias de las chicas en busca de claves que apuntaran a Gerdie, pero el agotamiento la venció. No despertó hasta las cinco de la mañana, cuando la levantaron para que repitiera la rutina del día anterior.

Kylie le sonrió cuando se encontraron en el campo de prácticas.

—Tiffany es un demonio —gruñó Matilda.

—Sí, es verdad —dijo Kylie.

—¡Silencio! —dijo Tiffany—. Hoy vamos a aprender un movimiento llamado "Disparen el cohete".

Las chicas sofocaron un grito. Hasta las que ya formaban parte del equipo se veían conmocionadas.

—¿Qué cohete? —le susurró Matilda a Kylie.

—Es una maniobra aérea; es muy peligrosa —le dijo—. Está prohibida en la mayoría de las escuelas. Hasta las porristas profesionales se lastiman al intentarla. Es de lo más avanzada.

—Pirámide —ladró Tiffany, y Kylie y las otras chicas formaron rápidamente una pirámide humana de seis cuerpos apilados uno encima del otro. Tiffany escaló a la cima. Se apoyó en la espalda de McKenna y Pammy y se dirigió a Matilda y las otras tres chicas.

—Escúchenme, porque solo lo diré una vez. Normalmente, el cohete se hace con la ayuda de una asistente que alza a la chica sobre sus manos hasta la altura del pecho. Entonces hay que saltar, hacer un giro y caer de pie en lo alto de la pirámide. Digo "normalmente" porque nosotras lo hacemos de otra manera —explicó con una sonrisa burlona—. Nosotras nos ahorramos a la asistente. Fíjense bien.

Tiffany dobló las rodillas y saltó hacia atrás. Hizo el giro y cayó de lleno sobre las espaldas de McKenna y Pammy, que dejaron escapar un gemido de dolor.

Matilda casi no podía creer lo que acababa de ver, algo que solo una agente secreta muy entrenada hubiera podido hacer. ¿Acaso Tiffany era Mateatleta?

—Creo que me voy a enfermar —dijo una de las chicas nuevas. Ella y otra se fueron corriendo del campo y ya nunca volvieron a verlas. Solo quedaron Matilda y otra chica en la competencia por el último puesto.

—Maddie, veamos qué puedes hacer —dijo Tiffany, al tiempo que bajaba de la pirámide y se ponía a un lado para observar.

—Solo quiero revisar mis inhaladores… me da algo de asma y…

—A nadie le interesa tu tonta enfermedad —dijo McKenna—. ¿Vas a hacer la maniobra o no? ¡Tengo mensajes de texto pendientes de responder!

Matilda trepó lentamente la pirámide. Cuando llegó arriba, apenas podía sostenerse. Era evidente que McKenna y Pammy trataban de hacerla caer. Les clavó los pies en la espalda y aullaron de dolor. Matilda les sonrió mansamente y dobló las rodillas. Saltó hacia atrás con la mayor fuerza que pudo, accionó a escondidas los inhaladores y se proyectó por el aire silenciosamente. Hizo el giro durante el salto y cayó sin fallas, asegurándose de plantar bien los pies en la cabeza de McKenna y Pammy.

Se hizo un silencio. Tiffany se veía atónita, y la única competidora que quedaba bajó la cabeza y se alejó.

McKenna miró enojada a Matilda.

—Esto no se ha terminado —dijo, y empezó a mecerse con fuerza. La pirámide osciló, se torció y acto seguido se derrumbó. Si Matilda hubiera caído desde esa altura se habría lastimado, así que activó de nuevo el inhalador para elevarse. Ejecutó con gracia una espiral y un salto al frente hasta caer justo frente a Tiffany. La capitana la miró fijamente.

—Bienvenida al equipo Fuerza de Ataque —le dijo, enojada y con el rostro enrojecido.

Cuando el grupo de porristas se desenredó, Kylie se acercó a Matilda.

—Fue sorprendente —le murmuró.

—Gracias —le respondió Matilda entre susurros, mientras Tiffany se alejaba furiosa—. Aunque me temo que fue demasiado.

Cuando las chicas terminaron de practicar "Disparen el cohete" se fueron a cenar a la cocina. Matilda comió una fruta y un sándwich de mantequilla y luego, en silencio, se apresuró a regresar a la cabaña. Tenía pocas oportunidades de estar sola y reportarse con el equipo NERDS. Cerró la puerta y se sonó la nariz para activar el comunicador.

—Felicitaciones, Ráfaga —dijo el señor Brand—. Me enteré de que ya eres miembro oficial del equipo.

—No me fastidie. Todo esto es una tontería.

—Bueno, el mundo agradecerá tu sacrificio. ¿Tienes sospechosas?

—Quizá Tiffany. Hace cosas que una niña normal no haría —dijo Matilda—. Todas creen que es porrista desde que estaba en pañales, pero usted sabe tan bien como yo que es posible inventarse una historia falsa. No la pierdo de vista. Si puede, dígale a alguien que active el comunicador a eso de las tres de la mañana para despertarme. Voy a registrar sus cosas, pero no sé dónde escondería la máquina. Si es tan grande como Pegote cree, no hay lugar en esta cabaña. Tendré que registrar otros lugares.

—¡Feliz cacería! —dijo Brand.

—Aquí Ráfaga, cambio y fuera.

Sin darse cuenta cayó dormida y tuvo sueños horribles sobre pompones monstruosos que la perseguían por el bosque.

La despertó de su pesadilla una sacudida más fuerte que las anteriores. Saltó de la cama y giró frenéticamente: su entrenamiento como agente secreta funcionaba en piloto automático. Su puñetazo dio en la boca de alguien.

—¿Qué haces? —gritó Jeannie cuando se prendieron las luces.

Matilda se percató entonces de que la chica estaba en el suelo, masajeándose la mejilla. Hizo una mueca y la ayudó a levantarse.

—Perdóname. A veces me pongo un poco saltarina. ¿Estás bien?

—Nada que no pueda arreglar un cirujano —respondió, enojada—. Es hora de vestirse.

Matilda echó una mirada por la ventana. Afuera estaba completamente oscuro; era demasiado temprano para practicar.

—¿Ahora? ¿A medianoche?

—Menos palabras y más acción —dijo Lilly bruscamente.

Matilda se puso la ropa y salió de la cabaña a la oscuridad de la noche.

La luna estaba muy alta en el cielo sobre el campo de prácticas. El equipo se dirigió al bosque. Matilda frunció el ceño.

—Escúchame, Maddie… —dijo Tiffany.

—Me llamo Matilda.

—¡Te llamas como yo diga! —gruñó. Cuando se calmó, siguió hablando—. El equipo quiere invitarte a participar en un trabajito.

—¿Trabajo de qué?

—No es tanto un trabajo; más bien, es como ir de compras —explicó McKenna.

—¡De compras! —repitieron Shauna y Toni a coro, y chocaron cinco.

—Suena… divertido. ¿Ya se dieron cuenta de que es medianoche? ¿Qué tienda está abierta a estas horas? —preguntó Matilda.

—No es una tienda, y realmente no son compras —explicó McKenna.

—Vamos a robar mercancía —agregó Jeannie.

—¿Robar mercancía? —repitió Matilda. Kylie estaba a su lado. Por la expresión de su rostro, se sentía tan descontenta con el plan como ella.

—La animación es un deporte caro —repuso Tiffany, enojada—. Uniformes, comidas. ¿Ustedes creen que el campamento es gratuito? El equipo Fuerza de Ataque no tiene patrocinadores, y el dinero de los premios es una miseria. Nada más la inscripción a las finales de una competencia es más cara que lo que recibo todas las semana hasta el final de los tiempos.

—Así que encontramos una manera de hacer esos gastos —agregó Lilly.

—¿Robar? —preguntó Matilda.

Todas asintieron con la cabeza.

Matilda nunca había robado nada en toda su vida, pero sabía que tenía que seguirles la corriente.

—No tengo nada en contra. Me he robado algunos lápices de labios y una bolsa. No debe haber problemas.

—¡Vaya! Miren al enemigo público número uno —comentó Pammy entre risas.

McKenna levantó el brazo para mostrar un guante de aspecto extraño que le cubría la mano y el brazo hasta el codo. Tenía botones y pequeñas pantallas de vidrio montadas cerca de la muñeca, en las que destellaban números e imágenes. Matilda supo de inmediato qué era. Gerdie le había dado a su máquina gigante una arregladita.

—¿Estamos suficientemente lejos del campamento? —preguntó Pammy—. Esta máquina succiona la energía de todo. ¡Si volvemos al campamento y mis tenazas rizadoras no funcionan, rodarán algunas cabezas!

—Estamos lejos —afirmó Lilly—. Aquí cerca hay un centro comercial que alimentará la máquina.

McKenna asintió y oprimió un botón. Una brillante pantalla eléctrica iluminó las yemas de sus dedos y en su palma apareció una pequeña esfera blanca lechosa que chisporroteaba por la electricidad. Creció hasta ser una pelota más grande que todo el equipo.

—¡Lotería, señoritas! —dijo McKenna—. Este artefacto dice que del otro lado hay oro y objetos valiosos.

—¡Vamos, muchachas! Solo tenemos diez minutos —dijo Jeannie; corrió directamente hacia la esfera y desapareció.

Duncan le había explicado a Matilda el funcionamiento de la máquina de Gerdie, pero verla con sus propios ojos era casi más de lo que su cerebro podía procesar. Incluso conociendo toda la tecnología del Patio de Juegos y los millones de robots diminutos que recorrían su cuerpo, aquel aparato le parecía sacado de las páginas de una historieta.

—¡Es para hoy! —ladró Tiffany.

Kylie tomó la mano de Matilda.

—¡Vamos! Iremos juntas.

Matilda y Kylie avanzaron. La luz era tan brillante que Matilda podía ver a través de la mano que se llevó a los ojos para protegerlos. La electricidad bailaba por su piel y un estruendo inundó sus oídos. Una vez había estado en las Cataratas del Niágara en una misión, y los millones de litros de agua que caían por el precipicio hacían la mitad de aquel ruido.

De pronto… se acabó.

Bajó la mano y miró alrededor. Ella y las otras porristas se encontraban dentro de una habitación oscura con piso y paredes de madera. No alcanzaba a ver mucho, pero el piso se mecía.

—Estamos en un barco —dijo Pammy.

—¡Obvio! —comentó Toni.

—¿Sería posible que no peleáramos? —dijo Shauna—. Tenemos nueve minutos para cobrar e irnos. A menos, claro, que no les interese este lugar lleno de tesoros.

Toni gruñó, pero se acercó a uno de los enormes cofres de madera. Abrió la pesada tapa y dejó escapar un grito de alegría.

Matilda se acercó. Dentro del cofre, que estaba repleto hasta los bordes, había una colección de monedas de oro, rubíes, zafiros… había hasta una corona. Nunca había visto nada tan brillante.

—¡Tengo que publicarlo! —dijo McKenna y sacó su celular—. ¡Ey, aquí no hay conexión!

—¿Cómo llegamos a un barco pirata? —preguntó Matilda.

—Estamos en una Tierra alternativa —dijo McKenna, al tiempo que señalaba el aparato que llevaba en el brazo—. Esta cosa tiende un puente para que lleguemos aquí.

Tiffany empujó a McKenna.

—¡Despierten! ¡Ocho minutos!

Matilda observó al equipo entrar en acción, parecían pequeños hurones robando semillas. Lilly encontró un montón de sacos de tela vacíos y se puso a llenarlos con todos los objetos preciosos que podía. Cuando se llenó un saco, puso otros vacíos en las manos de Matilda y Kylie y las arrastró ante otro cofre.

—¡Vamos! Yo también me espeluzné la primera vez, pero no tenemos mucho tiempo —dijo Lilly—. Si no ayudan, es posible que Tiffany las deje aquí.

—La carga de la batería está al cincuenta por ciento, muchachas —gritó McKenna—. Menos charla y más movimiento.

Matilda se inclinó sobre un cofre con diamantes. Tomó un puñado y lo metió en su saco. Se sentía horrible. Se enorgullecía de su integridad, un rasgo que sus padres le habían inculcado. ¿Cómo podría volver a mirarlos a los ojos? Pero tenía que recordarse que estaba en una misión. Tenía que hacerlo para salvar al mundo… su mundo.

—Cuatro minutos, chicas —informó McKenna.

—Tenemos que volver aquí —dijo Shauna—. Hay suficiente para financiar toda nuestra vida. Nunca tendríamos que trabajar.

—No vinimos para conseguir nuestra jubilación. ¡Solo es para nuestro equipo! —dijo Tiffany—. Además, la máquina no te lleva a un mundo que ya hayas visitado, así que mejor tomen lo que puedan.

En aquel momento se oyó un ruido fuerte. La puerta se abrió de golpe detrás de Matilda y sintió unos pasos pesados junto con un tintineo metálico.

Pum cling, pum cling, pum cling.

Cuando Matilda se dio vuelta, vio a un hombre de aspecto rudo que llevaba la espada más grande y afilada que hubiera visto. Tenía bigotes largos y poblados que le colgaban hasta la nuez de Adán. Vestía un saco negro adornado con flores de plata y se había anudado al cuello un pañuelo de seda roja. Una de sus piernas era un muñón y no tenía más que una rústica barra metálica para equilibrarse. Pero nada de su aspecto era tan espeluznante como su rostro: hubiera podido ser el hermano gemelo del agente Brand.

—¡Bueno!, ¿qué tenemos aquí? —dijo.

Matilda se estremeció. Su voz también era idéntica a la de su jefe.

Otras pisadas irrumpieron en el lugar, ahora pertenecientes a una rubia. Era alta y delgada y llevaba el pelo anudado en una trenza. Usaba un parche negro sobre el ojo izquierdo y tenía en el cuello esbelto algo que parecía la marca de la soga de un verdugo.

Solo esas dos características impedían que fuera una copia exacta de la señorita Holiday. De hecho, juntos lado a lado, los piratas parecían como si fueran Brand y Holiday de camino a una fiesta de disfraces.

–Alex, ¿qué pasa, querido? –dijo, sacándose una daga del chaleco.

–Saqueadoras, amor –le dijo–. Inútiles sinvergüenzas.

–¿No es lo que somos nosotros, cariño?

Los piratas se rieron.

–Es verdad, pero debe haber algún respeto por los guardianes de los tesoros hallados, querida. Nosotros robamos este tesoro y, por consiguiente, en derecho nos pertenece. Es impropio que un pillo le robe a otro pillo.

–Supongo que hay que avisar a la capitana –repuso la mujer.

–¿Capitana? –preguntó Matilda.

–¿Me llamaban? –dijo una voz, y otra persona entró en el lugar. El corazón de Matilda casi se detuvo. La capitana no era un granuja de los siete mares, sino Ruby Peet, de once años, con un enorme sombrero negro y botas de cuero, y llevaba un perico en el hombro.

–¡Brand y Holiday! ¡Díganme que no me engañan mis ojos! ¿Es verdad que tenemos ratas bajo cubierta? Indeseables ladronas roñosas. Soy alérgica a los bichos peludos.

–Es verdad, capitana Peet –dijo Brand–. Pido permiso para colgarlas por las colas de caballo y lanzarlas por la borda.

–No, Brand. Es un placer que me reservo para mí –dijo la pirata Ruby, al tiempo que desenvainaba el sable que traía en la cadera. Les dedicó una sonrisa torcida y cariada casi tan mortífera como su arma y se lanzó contra Shauna, empuñando el sable con intención asesina. La bonita porrista gritó y se encogió en un rincón.

Antes de que la pirata Ruby le cortara la garganta, Matilda dio un salto en el camarote diminuto y de una patada le quitó el sable de la mano. Mientras Peet se agachaba para recuperarlo, Matilda golpeó por sorpresa a Brand en el estómago. El pirata se dobló justo a tiempo para llevarse un rodillazo en los dientes delanteros.

—¡Atrás! —gritó Matilda a las otras porristas, aunque por el aspecto que tenían, no estaban para atacar o siquiera defenderse.

—Me pareces conocida, pequeña —dijo la pirata Holiday—. ¿No lo cree, capitana?

Peet miró fijamente a Matilda, frotando el sable con la falda. Algo se iluminó en su semblante.

—¡Sí! —respondió la capitana—. ¿Recuerdan a la oficial primera que tuvimos en Boston? ¿La que tenía una enfermedad respiratoria?

Brand recuperó finalmente el aliento y dijo:

—Cierto, capitana. Tiene razón. Es su vivo retrato. Si no te hubiera visto servir de comida para los tiburones, pensaría que eres la misma muchacha.

—Quizá es un fantasma —dijo la capitana. Las dos mujeres se acercaron a Matilda.

—Un paso más y les enseñaré quién es el fantasma.

Peet rio a carcajadas.

—Es igual de habladora que la otra. Dale una repasada, Holiday.

Holiday se pasó la daga de una mano a la otra y embistió contra Matilda. En un espacio tan reducido, Matilda no podía usar sus inhaladores para volar, así que los accionó en el rostro de la mujer. Con un solo apretón, esta salió volando, dio contra la pared y se derrumbó en el piso.

Matilda deseó que a las otras chicas les hubiera parecido simplemente que tenía un gancho derecho sensacional.

La capitana Peet se quedó atónita un instante, pero Matilda sabía que si se parecía en algo a su compañera Erizo de Mar, no estaría mucho tiempo así. Matilda tendría que pelear y necesitaba más espacio.

—¡Todas a cubierta! —ordenó y las porristas no titubearon, sino que se apresuraron a salir por la puerta. Kylie y Matilda cuidaban la retaguardia, tropezando por el resplandor del sol y el aire salino que les picaba los ojos y la nariz.

Se toparon con una docena de piratas, cada uno más mugroso que el anterior. Lilly le soltó un puñetazo a uno que Matilda reconoció como miembro del equipo científico de NERDS. Otros piratas eran versiones alternas de maestros de la escuela, aunque versiones mucho más rudas. Rodearon al grupo de chicas.

—¿De quién fue la idea de salir? —comentó McKenna.

—Deja de quejarte y vigila la batería —dijo Matilda—. Cuando cargue, activa la máquina, pase lo que pase.

—Estamos en setenta y siete por ciento. Diría que faltan tres minutos, quizá dos.

—Parece que hicimos salir unas lombrices —dijo una voz diferente. Matilda volteó y vio al Duncan de este mundo. Llevaba pantalones de rayas y un cinturón grueso, y tenía un pañuelo rojo atado en la cabeza.

—Muy bonitas lombrices —dijo Jackson. Él y una versión pirata de Pulga se acercaron a Duncan. Todas las copias de NERDS llevaban espadas casi tan grandes como ellos mismos.

—Bonitas como gomitas —dijo Pulga.

—Mantén los ojos en tu cara —dijo la pirata Peet al salir a cubierta. Apuntó la espada hacia las chicas—: son comida de peces. Quiero lanzarlas por la borda.

Pammy comenzó a sollozar.

La capitana Peet dijo con socarronería:

—¿Quién se ofrece de voluntaria?

Los piratas se rieron.

—¿Qué tal tú? —dijo Peet, poniendo la mano sobre el hombro de Matilda—. No te preocupes, muchacha. Los tiburones no vendrán por ti enseguida. No te olerán, a menos que sangres…

Entonces, con la cara más asesina que Matilda hubiera visto, la pirata deslizó la espada por su hombro. Fue una minucia, pero dolió lo suficiente para hacer que gritara. Sobre el hombro de Matilda apareció una mancha roja.

—¡Ups! —dijo la capitana Peet y empujó a Matilda por la borda.

Matilda cayó violentamente al agua. Estaba fría y el impacto la sofocó. Aunque era difícil pensar, en algún lugar de su mente confundida recordó que solo tenía que esperar tres minutos para que se abriera la puerta de regreso a su mundo. Y si pretendía volver a casa, tenía que medir el tiempo con precisión.

De todos modos, no viviría tres minutos si no podía respirar. Buscó a tientas los inhaladores correctos en su cinturón. Sabía que los inhaladores de oxígeno estaban pintados de azul, pero el agua gris enturbiaba todos los colores del plástico. Luchaba por encontrar los correctos cuando algo la golpeó… algo grande. Se le escapó uno de los inhaladores y vio cómo se hundía en la oscuridad.

Entonces descubrió una aleta que se deslizaba bajo las plantas de sus pies. Era algo grande, gris y veloz, y cuando vio la sangre que salía de su hombro y se disolvía en el agua supo exactamente de qué se trataba: un enorme tiburón blanco.

De momento, el depredador era la menor de las preocupaciones de Matilda. No podía respirar. Sus pulmones eran demasiado débiles y el asma le había impedido aprender a retener el aliento mucho tiempo. Pataleó para salir a la superficie. Asomó la cabeza y tomó aire. Los piratas la miraban desde el barco, entre burlas y risas.

–¿Cuánto falta? –gritó Matilda.

–Un minuto y cuarenta segundos –contestó Tiffany–. No podemos esperarte.

—¡Qué amables! —gruñó Matilda. Sus compañeras de equipo no iban a organizar una operación de rescate.

Mientras nadaba hacia la soga que colgaba desde la cubierta, algo la empujó hacia abajo, vio un destello y se hundió otra vez. El tiburón mordió su falda de porrista con sus dientes aserrados y sus piernas escaparon por poco. Lo miró a los ojos y percibió su terquedad hambrienta. Esa bestia no tendría misericordia.

Matilda había peleado con muchos adultos y con un preescolar furioso, pero no tenía ninguna experiencia de combate en la vida marina. Entonces, hizo lo que le pareció natural: golpeó al tiburón en la nariz. Esperaba que le doliera (a las personas que recibían su gancho corto les dolía), pero en vez de alejarse, este abrió más las mandíbulas, como para dar una mordida mayor. Lo pateó violentamente, estimulada por la adrenalina, el miedo y el deseo desesperado de no ser su desayuno. Se las arregló para tumbarle algunos dientes. Quizás en el fondo de su mente, su subconsciente tomó el mando, porque sin pensarlo aferró el cinturón multiusos y oprimió los inhaladores que pudo. Presionó el émbolo y un chorro de aire concentrado noqueó al tiburón, que se alejó girando sin control y se llevó en las mandíbulas parte de su falda.

No había tiempo para celebrar. Los pulmones le quemaban. Volvió a nadar rumbo hacia la superficie brillante y salió al aire. Alcanzó a ver la cubierta, donde una pequeña esfera de electricidad había empezado a formarse en la mano de McKenna. Si

Matilda no volvía con ellas, perdería el boleto de regreso y, por lo que había dicho Tiffany, no podrían regresar a buscarla.

Tomó sus inhaladores y cuando estaba a punto de apretarlos el tiburón volvió a morder lo que quedaba de falda. La sumergió más y más, hasta que ya no supo dónde estaba la superficie. Matilda sabía que no tenía más que una oportunidad. En cuanto el tiburón abrió la boca para volver a atacar, oprimió el émbolo de los inhaladores y escapó.

El tiburón la persiguió con la misma velocidad. El corazón de la niña se aceleró cuando percibió un torrente de luz, y al salir a la superficie, tomó todo el aire que pudo. Sin detenerse, usó los inhaladores para lanzarse al cielo en un arco perfecto sobre la barandilla del barco y caer en la textura cristalina del portal. Echó una mirada atrás y vio los rostros estupefactos de los piratas. La sorpresa bastó para que las otras chicas escaparan y saltaran detrás de ella.

Cuando salió por el otro lado, cayó en el suelo del bosque y experimentó el aire frío sobre su ropa húmeda y destrozada. Sentía el pecho oprimido y jadeaba violentamente hasta que usó su inhalador medicinal. Se levantó temblando. Casi todas las chicas se veían conmocionadas. Algunas trataban de contener el llanto. Por su parte, McKenna, parada sobre su bolsa llena de tesoros, escribía mensajes a la velocidad de la luz.

—¡Por Dios! Me perdí como cien textos. ¡Nunca me pondré al corriente!

—¿Todas están bien? —preguntó Matilda.

—Buen trabajo, Maddie —dijo Tiffany—. Tú sí sabes moverte.

Matilda estaba roja del enojo. Quería agarrar a la chica y sacudirle la estupidez. Estas porristas... no, estas niñas jugaban con algo que no entendían. Pero Matilda no podía arruinar su misión encubierta.

—Sí, gracias —dijo con los dientes apretados—. ¿Hacen esto muy seguido?

—Sí. Serías muy útil, Matilda —respondió Lilly.

—¡Claro que no! —dijo Jeannie—. No debió enfrentar a los piratas. Si no se hubiera peleado con ellos, hubiéramos podido esperar a que se abriera el portal para irnos.

—De no haber sido por Matilda, todas seríamos comida de tiburón —dijo Kylie.

Tiffany alzó la mano para imponer silencio:

—Tenemos que volver a las cabañas. Mañana hay que practicar.

Dio media vuelta y guió a las chicas de regreso. Matilda se quedó atrás.

—¡Ahora las alcanzo!

Al quedarse sola, reflexionó acerca de cada una de las chicas. ¿Cuál era Gerdie Baker? McKenna tenía el dispositivo, así que era la principal sospechosa, pero Lilly le asestó al pirata un derechazo tan bueno como el que ella misma hubiera lanzado. Kylie fue la más valiente durante todo el encuentro. Cualquiera podría ser Mateatleta.

Cuando las chicas se alejaron, Matilda se apretó la nariz para activar el comunicador.

—Necesito un médico.

Unos minutos después, el autobús escolar sobrevolaba el bosque. Se desenrolló una escala de cuerdas y el agente Brand descendió con un equipo de primeros auxilios bajo el brazo. Encontró a Matilda junto a un árbol caído y examinó su herida.

—Me temo que te va a quedar cicatriz, Ráfaga —dijo, y tomó aguja e hilo del equipo de primeros auxilios. Después, sacó una jeringa y un frasquito. Llenó la jeringa con el líquido y le dio unos golpecitos.

—Te diré la verdad: esto te dolerá.

Clavó la jeringa en el hombro de Matilda. Ella se estremeció de dolor y casi le golpea la cara. Un momento después, Brand cosió la herida. La inyección había suprimido la sensaciones de todo su brazo.

—Estuve del otro lado. Tuve que pelear con un montón de piratas.

—¿Así que piratas?

Matilda asintió y continuó:

—Ahí estaba usted, marinero de agua dulce.

—He visto muchas cosas raras, pero eso debe ser verdaderamente extraño —dijo—. Me pregunto qué haría si me topara de frente conmigo mismo. ¿Te viste a ti?

—*Nop* —respondió Matilda—. Ya habían echado por la borda a mi otra yo.

—Es una herida fea. Me pregunto si no fue demasiado, Ráfaga. Matilda sacudió la cabeza:

—Estoy bien.

—Siete puntadas parecerían decir otra cosa —dijo, al tiempo que extendía un ungüento amarillo sobre la herida y la envolvía con vendas blancas—. No quedó tan mal, si me permites decirlo. No practico mucho mis habilidades como médico de campo.

—¿Usted era doctor?

—Médico de campo, médico militar... Estuve un par de años en la escuela de medicina, pero no funcionó. Me enrolé en el ejército y el alto mando te pone en el puesto para el que sirves mejor, así que fui médico unos años. Quería ser piloto, como mi hermano...

Se dejó llevar por sus recuerdos, pero volvió al presente con la misma rapidez.

—No tengo idea de qué vas a decirles a tus compañeras.

—Es probable que no se den cuenta. Están demasiado atareadas peleándose —contestó Matilda.

El agente Brand cambió de tema con incomodidad:

—Es difícil mantener juntas a las familias. ¿Tu mamá está bien?

—Es una roca, no es fácil admitirlo —respondió Matilda—. Mis hermanos parecen estar bien, aunque no estoy segura de si son más comunicativos ahora que antes.

—Ayuda tener hermanos —comentó el agente.

Se hizo un largo silencio entre ellos, como si el señor Brand estuviera en otra parte, en un lugar donde los recuerdos tienen orillas filosas.

Matilda sabía que tenía que cambiar de tema.

—En fin, tengo otra sospechosa —dijo.

—¿Quién?

—McKenna. Ella tiene el puente electrónico (así es como lo llaman) y sabe usarlo. Deme un par de horas y la arresto. Estoy segura de que está despierta, actualizando su perfil en las redes sociales. Por cierto, debería pedirle a Benjamín que los borre. Estoy segura de que acaba de contarle a todo el mundo que estuvo en otro universo.

MATERIAL COMPLEMENTARIO

Los siguientes "tweets" fueron publicados en la cuenta de Twitter de McKenna Gallagher. No hay manera de calcular cuántas personas los vieron, pero fueron retirados enseguida.

McKennaOMG McKennaOMG
Dfinitivo: iré a otro universo a robarles
a ciegas. Pobrs de ellos!
Hace 1 hora

McKennaOMG McKennaOMG
Tiff kiere llvar a la nueva... uff!
Hace 58 minutos

McKennaOMG McKennaOMG
X Dios! Csi asesina2 por pi-ratas y 1 tiburón.
Lo peor: sin señal x 10 min. No c komo sobreviví!
Hace 30 minutos

McKennaOMG McKennaOMG
Contando mi $$$. Hola, dólar!
Hace 22 minutos

McKennaOMG McKennaOMG
Los pi-ratas son t-mibles :S
Hace 15 minutos

McKennaOMG McKennaOMG

Mi botín. Envidiaaa?

Hace 10 minutos

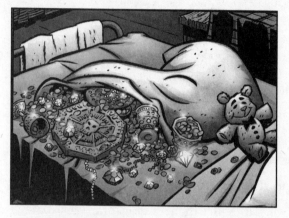

McKennaOMG McKennaOMG

Niños raros en la kbaña. 1 tiene brakts lokísimos.

Hace 6 minutos

McKennaOMG McKennaOMG

Los niños raros me arrestan :(

Hace 5 minutos

McKennaOMG McKennaOMG

Vendada, pero aun así tuiteando. Tomen eso, nerds!

Hace 3 minutos

McKennaOMG McKennaOMG

Stoy en 1 cohete, ké loco!

Hace 1 minuto

12

McKeena Gallagher no estaba feliz.
Estaba encerrada en un pequeño cuarto con paredes y piso de concreto. No había manera de captar señal para el celular, ¡ni siquiera una raya! ¿Cómo podría alguien enterarse de que había sido raptada si no podía actualizar su estado de Facebook? ¡Sus seguidores en Twitter debían saber que la habitación tenía un foco expuesto colgando de una sucia lámpara y que la luz le daba directamente en los ojos! Necesitaba contarles a todos sobre la nueva chica, la coreana-estadounidense de mal carácter y su pandilla de inadaptados nerds. La habían encerrado en un sótano. ¡Esto no era un LOL, era un SOS!

Maddie se sentó enfrente de McKeena.

–Sé que debes estar confundida –dijo. Ya no vestía su uniforme de porrista. En vez de eso llevaba un traje negro con cierre cerrado hasta el cuello. Si Maddie no la hubiera secuestrado, McKeena probablemente habría dicho que lucía feroz.

–*¡T 2 the H!* –berreó–. ¡Será mejor que me dejen salir de aquí!

–¡Erizo de Mar! ¿Qué dijo? –preguntó Maddie.

Una chica de cabello rubio súper rizado avanzó y abrió su laptop.

–Un segundo. De acuerdo con mi búsqueda, está hablando en ese lenguaje que se usa en los mensajes de texto. *T 2 the H* significa "*Talk to the Hand*": habla con la mano.

–¡OMG! ¿Es 1 broma?

–¿*OMG*? –preguntó Maddie.

Su amiga tecleó rápidamente.

–Hummm, dame un segundo. Eso significa "*Oh, my gosh*". Algo así como: Oh, Dios mío.

La rubia sacudió la cabeza.

–Es como si estuviera hablando en otro idioma.

–Sí, se llama molestar –dijo Maddie, y giró hacia McKenna–. Escucha, no queremos desperdiciar nuestro tiempo; tampoco el tuyo, así que vamos directo al grano: se acabó. Sabemos quién eres en realidad.

–¡Ay, ajaaá!, ¡duh! –dijo McKenna.

–"Sí, cómo no" –tradujo la rubia de los rizos.

–Yo estaba en el campamento. Soy porrista. Tengo nueve mil amigos en Facebook y doce mil en Myspace. Estoy por superar los diez y siete mil seguidores en Twitter. ¡Todos me conocen! ¡Soy súperpopular!

—Mira, Gerdie: vamos a...

—¿Cómo? ¡Mi nombre no es Gerdie, idiota!

—No necesitamos seguir jugando este juego —dijo Maddie.

—Espero que sus padres tengan muy buenos abogados, porque mi papá es un abogado genial. Las va a demandar y les quitará cada centavo que tengan. ¡Pbrs d Uds!

—"Pobres de ustedes" —tradujo la rubia.

—Por favor cálmate, Gerdie —dijo la porrista novata.

McKenna se levantó de un salto y se lanzó hacia la puerta.

—¡No me llamo Gerdie y no me voy a calmar! ¡Auxilio! ¡Ayuda! ¡Déjenme salir de aquí!

Otra figura le cerró el paso. Era lindo, de ojos azules y cabello rubio. Pero cuando sonrió ¡*uff!* Lo recordaba de su secuestro. Tenía la boca llena de metal. Ahora que lo tenía cerca podía ver cómo se movían sus brackets, como si estuvieran vivos. Salieron de entre sus labios y se transformaron en delgadas y larguísimas patas de araña y levantaron al chico del piso. McKenna estaba tan impactada que se cayó de espaldas. Su primer instinto fue textear a Tiffany, pero huir arrastrándose en un acto desesperado por salvar su vida fue su segunda opción.

—No vamos a lastimarte —dijo Maddie.

—¡Auxilio! ¡Auxilio!

—¿Pegote, Pulga?

Un chico regordete subió corriendo por la pared, continuó por el techo y luego bajó por la otra pared para cerrarle el paso. McKenna se escabulló frenéticamente hacia otro rincón de la habitación, pero un inquieto niño latino con una mirada enloquecida también le bloqueaba el camino. Ella giró, solo para descubrir que lo tenía enfrente de nuevo. ¿Cómo podía moverse tan rápido?

McKeena sacudió la cabeza con rabia. Estampó el pie en el piso y, aunque después se sentiría como una niña por ello, "¡Te odio!" fue lo primero que le vino a la mente. Luego buscó en su bolsa y sacó su teléfono.

—Obvio, voy a postear esto —dijo.

Pero nunca tuvo la oportunidad. Maddie saltó de su silla, le arrebató el teléfono y, para sorpresa de McKenna, lo lanzó por los aires, volando cual abejorro.

—¡OMG! ¡Están en graves problemas, fenómenos! —chilló.

—Gerdie...

—¿Quién es Gerdie?

—¡Tú! Tú eres Gerdie Baker —dijo la chica de la computadora mientras levantaba el puente del aparato—. Y esta máquina que inventaste es muy peligrosa. Le estás haciendo muchísimo daño a la red eléctrica nacional, sin mencionar todo el material extraño que está entrando en nuestro universo.

—¡Tiene k ser 1 brma!

La chica volvió de nuevo a su laptop.

–"Tiene que ser una broma".

–Yo no inventé la máquina –lloró McKeena–. ¿Ustedes creen que podría inventar algo tan complicado? Tiffany me la dio. Dijo que no combinaba con sus ojos. Le dije que tampoco con los míos, pero dijo que ayudaría a que mi cabeza cuadrada luciera más delgada. No sé cómo funciona esa cosa, excepto que se oprime el botón azul. Tiene un medidor en un costado que indica cuánto le queda de batería. ¡Es todo lo que sé!

McKenna observó que el grupo de niños se reunía y murmuraba. Ellos continuaron mirándola con sospecha. Ella quería textearles caras enojadas a todos.

–Así que Tiffany te dio esto –dijo el niño regordete–. ¿Ella lo inventó?

–No sé quién lo inventó, pero dudo mucho que haya sido ella. Es tan lista como una piedra. Juro que su madre le prepara la ropa por la mañana y le tiene que recordar cuál es el pantalón y cuál la blusa. Por favor no le digan que dije eso, puede ser realmente mala.

–Todo lo que sé es que apareció hace unas tres semanas –lloró McKeena–. ¡Pudo haberla inventado cualquiera!

–Bueno, tienes que volver al equipo –le dijo Pulga a Matilda–. Averigua cuál de las otras chicas la trajo.

Matilda negó con la cabeza.

–La misión terminó. Tenemos el dispositivo. Solo guardemos a Texting Tina en una celda hasta que esto explote.

–¿Una celda? ¿Como una prisión? Nunca lo toleraría. ¡Solo dejan a los prisioneros navegar en Internet media hora a la semana!

En ese momento un hombre entró en la habitación. Era apuesto, a pesar de que era un viejo. McKenna no pudo evitar quedarse mirándolo.

–Me temo que esta misión está lejos de terminar, Ráfaga. Solo porque tenemos el artefacto no quiere decir que Gerdie no construirá otro. Tenemos que encontrarla para que nos ayude a terminar con las rupturas en el universo. Están apareciendo por todas partes. Agentes han reportado que encontraron un submarino nuclear a mitad del parque en el que estuvieron ustedes anoche. No es de los nuestros, la tripulación estaba formada por Angry Beavers. Como los de los dibujos animados.

–Siempre sospeché que los castores se rebelarían contra nosotros –dijo Jackson, riendo.

–Este es un asunto serio, Diente de Lata. Tenemos que encontrar a Gerdie lo antes posible.

Matilda frunció el seño:

–¡Bien! Volveré con esas estúpidas y eliminaré a Mateatleta.

–¡¿A quién le dices estúpida?! –gruñó McKeena.

Una bella mujer de lentes entró en la habitación. Una pequeña bola azul flotaba en el aire detrás de ella. Había demasiadas rarezas alrededor de McKeena. ¿Se estaba volviendo loca? Tenía que dejar de comer pastel de carne sorpresa.

–Será mejor que nos vayamos de inmediato, Ráfaga –dijo la mujer–. Anoche hubo otra ruptura y algo más desapareció.

–¿Qué? –preguntó el agente Brand.

–El monumento a Washington.

Brand hizo una pausa y luego rugió:

–¡Tenemos que encontrar la manera de detener esas rupturas! ¡Encuentren a Gerdie Baker ahora!

McKenna casi sintió lástima por Maddie. Le habría texteado una carita triste si hubiera podido. Pero antes de que pudiera alcanzar su teléfono una aguja le pinchó el brazo y perdió el conocimiento.

FIN DE LA TRANSMISION

LA SIGUIENTE PRUEBA EVALUA COMO
PERCIBES EL MUNDO. LOS DOCTORES
LA LLAMAN LA PRUEBA RORSCHACH. QUIERO
QUE MIRES LAS IMAGENES Y ME DIGAS CUAL
DE LAS SIGUIENTES COSAS VES EN ELLAS.
UN CONSEJO UTIL: LAS IMAGENES NO HABLAN.
SI ESCUCHAS VOCES QUE VIENEN DE ELLAS,
CREO QUE AMBOS ESTAREMOS DE ACUERDO
EN QUE LA PRUEBA HA TERMINADO.
SON SOLO IMAGENES, LO PROMETO.

1

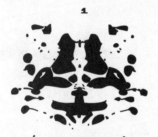

a. DOS FOCAS BESANDOSE (3 PUNTOS)
b. UNA NAVE ESPACIAL VOLANDO A TRAVES
   DE UN CAMPO DE METEORITOS (3 PUNTOS)
c. LA BASE DE UNA JAULA PARA PAJAROS
   (3 PUNTOS)

2

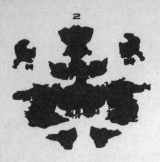

a. UNA ROSA (3 PUNTOS)

b. UNA CARA DE PAYASO (5 PUNTOS)

c. EL MONSTRUO QUE TE VISITA
   DE NOCHE (10 PUNTOS)

3

a. UN PERRO (3 PUNTOS)

b. UN CONEJO MUTANTE (8 PUNTOS)

c. UN CONEJO MUTANTE CRUZADO
   CON UN ELEFANTE Y EL DIABLO
   (10 PUNTOS)

4

a. UNA MANTARRAYA BLANCA
   SOBRE UNA MANTARRAYA
   NEGRA (5 PUNTOS)
b. UN AVION CAZABOMBARDERO
   STEALTH (3 PUNTOS)
c. UN SIMBOLO PARA MI
   DISFRAZ DE SUPERVILLANO
   (9 PUNTOS)

a. UN SUJETO MUY GUAPO (1 PUNTO)
b. UN HOMBRE ASOMBROSAMENTE
   APUESTO (1 PUNTO)
c. MI ENEMIGO MORTAL (10 PUNTOS)

SUMALOS POR FAVOR, CAMPEON:

_____

GUAU, QUE MIEDO.

ACCESO CONCEDIDO

COMENZANDO TRANSMISION:

13

A McKenna le dieron una medicina para la memoria que borró el recuerdo de las últimas veinticuatro horas de su vida, lo cual mantuvo a salvo la identidad secreta de Matilda y le permitió continuar buscando a Gerdie Baker. Pero no fue fácil llevar a las dos chicas de vuelta al campamento. McKenna babeaba como un bulldog y sus piernas parecían espaguetis, pero Matilda se las arregló para remolcarla. Depositó a la adormilada porrista en su cama y le acomodó el celular entre las manos, como a un bebé con su mantita. A continuación, Matilda se acostó y durmió más profundamente que nunca.

Se despertó de un sueño en el que toda su familia convivía feliz bajo el mismo techo. Ben y Molly bailaban por la sala, girando como trompos y mirándose a los ojos. Despertar en el mundo real fue como darse un golpazo. Matilda se sentó y se puso a ver por la ventana que estaba junto a su cama, tratando de no echarse a llorar. Se preguntaba si podría usar el puente electrónico de Gerdie para encontrar el mundo de sus sueños. Con solo oprimir un botón podría viajar a un lugar en el que su mamá y su papá todavía se amaran.

Cuando se sintió más tranquila, decidió aprovechar que las demás seguían dormidas. Saltó de su cama y fue de cabaña en cabaña, hurgando silenciosamente entre las cosas de Lilly, Kylie y Pammy. Abrió sus cajones y sus mochilas, revolvió sus objetos personales y hasta buscó debajo de las camas. Lamentablemente no encontró nada útil, excepto que Pammy acaparaba dulces.

Frustrada, Matilda dejó todo en su lugar y volvió a su catre. Sacó su cuaderno para hacer un recuento de sus notas. Sus sospechosas representaban un misterio para ella. Kylie era amable y divertida, y en una crisis sabía mantener la calma. Sin duda habría podido aprender eso en el entrenamiento de los espías. Tiffany era muy deportista, una capacidad que resultaría muy práctica para una agente secreta. Por otro lado estaban Pammy y Lilly, que pasaban la mayor parte del tiempo frente al espejo, alabándose una a la otra. Seguían a Tiffany como perritos falderos y podían ser excepcionalmente mezquinas. Pero todas eran puras observaciones superficiales. ¿Qué era lo que de verdad sabía de ellas? ¡Nada! Eran casi unas completas desconocidas. Kylie era dulce (hasta podría ser una verdadera amiga para Matilda), pero le daba horror tener que conocer a las otras. En su casa, sentía absoluta confianza entre sus amigos y no se avergonzaba de hablar con quien fuera. Pero aquí, en este campamento, con el maquillaje y la falda de porrista, se sentía terrible. Qué extraño resultaba el hecho de que convertirse en una chica bonita y popular la hiciera sentir como una nerd. Si por lo menos pudiera cambiar el lápiz de labios por sus botas de combate.

Logró dormir dormir unos minutos más, hasta que sintió que alguien se inclinaba sobre ella. Pammy estaba completamente ataviada con su uniforme de porrista. Tenía los brazos cruzados sobre el pecho y el ceño fruncido.

—Las porristas no somos flojas —dijo con brusquedad.

—¡*Uf!* ¡Estoy cansada! ¡Nos atacaron los piratas y casi me come un tiburón!

Pammy miró al techo:

—¡*Bua, bua!* Te voy a tocar una música triste de violín. ¡Vístete!

Matilda contuvo el impulso de asestarle una patada voladora a esa chica tan pesada. En cambio, le pidió que se acercara.

—Mira, sé que no nos conocemos mucho, pero quizá podríamos hacernos amigas.

—¿Amigas? —dijo Pammy—. Has estado viendo mucho *Plaza Sésamo.*

—No sé ni siquiera lo más elemental sobre ti —continuó Matilda, y trató de recordar el expediente de Gerdie. ¿Qué decía de sus hermanas? ¿Que eran trillizas? ¡Sí!–. Por ejemplo, ¿tienes hermanos o hermanas?

Pammy la observó por un largo rato. Luego, se rindió con un suspiro:

–No, soy hija única. Mis padres decidieron sabiamente invertir todo su tiempo y dinero en hacerme la gran persona que soy ahora. Si te parece suficiente información sobre mi biografía, más vale que te levantes y te prepares para comenzar a trabajar en cinco minutos.

Cuando Pammy salió de la cabaña, Matilda garabateó en su cuaderno que era hija única. Lo escondió debajo de su almohada y se levantó de la cama. Un instante después, ya vestida, salió apresuradamente. Tenía la esperanza de que Tiffany se percatara de su entusiasmo y que no la maltratara tanto como acostumbraba. Comenzaba a pesarle haber pasado casi toda la noche en vela. También esperaba tener la oportunidad de hablar con las otras sospechosas, sobre todo con Lilly y Kylie. Por desgracia, fue la última en llegar a la práctica. Lilly sostenía a McKenna, porque los efectos del borrado de memoria todavía le causaban problemas de equilibrio, y la pobre Kylie se vio obligada a seguir a Tiffany a todas partes con una taza de chocolate caliente, por si la capitana necesitaba beber un sorbo.

–¡Creí que Pammy te había dicho que te alistaras! –le gritó Tiffany a Matilda.

—¿Qué? ¡Pero si estoy lista!

Tiffany rio.

—Tienes el pelo espantoso. ¿Y dónde está tu maquillaje? Cuando practicamos tenemos que vernos como si estuviéramos en el escenario. Si crees que eres una belleza natural, te aseguro que estás equivocada. Por cierto, miren a Kylie. Ella también podría darse una arregladita.

Matilda saboreó una pequeña fantasía en la que azotaba a Tiffany en el suelo lodoso del campo de prácticas, pero también se dio cuenta de que la capitana le estaba haciendo un favor, porque pasaría un momento a solas con una de las sospechosas.

De pie frente al espejo del baño, Matilda y Kylie debatían sobre el rubor y el delineador de ojos. Matilda fingía que sabía la diferencia entre uno y otro.

—¿Así que tú también tienes problemas con el maquillaje? —dijo Kylie.

Matilda asintió.

—No era precisamente muy femenina antes de que la animación deportiva entrara en mi vida.

Kylie sonrió.

—Me alegra saber que alguien más pasó por una etapa horrible.

—¿Horrible, dices?

—De lo peor. A veces me preguntaba si de verdad era un ser humano... ¡y mírame ahora! ¡Soy ardiente! —dijo; luego se lamió un dedo y enseguida lo apoyó sobre su propio brazo, haciendo un sonido silbante.

—Yo me siento ardiente… ¡pero de fiebre! –bromeó Matilda. Irremediablemente, Kylie le caía bien. A diferencia de las demás chicas, que parecían estar orgullosas de lo insípidas y superficiales que podían ser, Kylie tenía un sentido de integridad personal que los insultos tontos no lograban lastimar. No le importaba lo que las otras pensaran de ella.

—¿De dónde eres, Kylie?

—Pues… de todas partes. Mi mamá se cambiaba mucho. ¿Y tú?

—Bueno, nací en San Francisco, pero nos mudamos al este cuando era bebé. Mis papás querían darme una buena educación. Soy bastante buena para las matemáticas. ¿A ti te gustan las matemáticas?

Kylie sonrió.

—Apenas puedo sumar dos y dos –dijo–. Y no presumiría de ser lista enfrente del equipo. No hay nada que enoje más a los tontos que una persona lista les recuerde que son idiotas.

—¡Oigan! –la voz de Tiffany rugió afuera–. ¡Vámonos! El portal se está abriendo.

¿Cómo es posible?, pensó Matilda. ¡Ella y los NERDS lo habían confiscado!

Corrieron al bosque y vieron a Toni y Jeannie desvanecerse en la enorme esfera blanca. Esta vez, Shauna llevaba el puente, que era nuevo y tan rosa y reluciente como el anterior.

Tiffany y McKenna estaban enfrascadas en una discusión acalorada mientras las otras niñas desaparecían por el portal.

–¡Perdón! –gritó McKenna, adormilada.

–¿Cómo fuiste a perder una máquina que abre la puerta a otras tierras? –gritó Tiffany–. ¿Crees que esas cosas crecen de los árboles?

–¿De dónde sacaron el nuevo? –preguntó Matilda.

–No te preocupes de dónde vino, novata –respondió Tiffany–. Solo cruza el portal.

Matilda y Kylie le obedecieron. En un instante, el campamento desapareció y las chicas cayeron en un húmedo bosque lluvioso. Árboles vetustos se elevaban al cielo y un arroyo borboteante corría sobre un lecho rocoso. Alrededor de sus cabezas revoloteaban insectos tan grandes como el puño de Matilda.

–¡Hummm! Se supone que tenía que haber un tesoro –se quejó Jeannie–. ¿A quién se le ocurrió que Shauna manejara el guante?

–¡Ashh! El escáner indicó que en este bosque hay un templo con muchísimo oro –exclamó Shauna a la defensiva.

–Formen parejas y despliéguense –ordenó Tiffany–. El templo tiene que estar cerca.

–Voy con Lilly –dijo Matilda. Se dio cuenta de que había herido a Kylie, pero cuando los principales monumentos están desapareciendo de Washington D.C., hay que establecer prioridades.

Lilly también parecía ofendida, pero Matilda la ignoró. La tomó del brazo y la encaminó hacia la espesura.

–Pensé que podíamos aprovechar el tiempo para conocernos –le dijo Matilda.

–Si tú lo dices… –contestó.

–Cuéntame de ti, Lilly –propuso Matilda.

–¿Qué te importa? ¿Acaso me espías?

–N–no… claro que no –tartamudeó.

–En este equipo todas son iguales: doble cara. Me choca que se unan para fastidiarse unas a otras. Estoy segura de que todo lo que te diga será usado en mi contra cuando la Reina Tiffany decida repartir sus favores.

–Te doy mi palabra de que no quiero hacerte trampas –dijo Matilda–. Solo era por conversar.

–¿De verdad te interesas en mí?

Matilda asintió:

–¡Claro!

–Empieza tú, entonces. Dime algo de ti que no quieras que nadie sepa. Si tú chismeas, yo chismeo –dijo Lilly, al tiempo que espantaba un escarabajo de jungla bastante grande.

–Tengo seis hermanos.

–¡Uy! Te debe haber dolido mucho contarme eso –respondió Lilly.

–¡Bueno, bueno! –exclamó Matilda. No quería contarle a una desconocida sus secretos más profundos y oscuros, pero si tenía que ser sincera…–. Mis padres van a divorciarse y a veces me pongo a llorar en las noches y suplico que se reconcilien.

—No se van a reconciliar –aseguró Lilly–. Mis padres también están divorciados. Y aunque intentaron seguir juntos, no resultó.

—¿Por eso estás enojada?

Lilly dio un paso atrás.

—¿Crees que estoy enojada?

Matilda afirmó con la cabeza.

—Sí, creo que sí –reconoció Lilly.

Matilda sabía por el expediente de Gerdie que sus padres estaban divorciados. ¿Sería posible que Lilly fuera Mateatleta? ¿Tenía hermanas? ¿Vivió en Arlington?

En ese instante, algo café y peludo cayó de las ramas altas de los árboles. Era un chimpancé, pero no se parecía a los que había visto en el zoológico. Llevaba un extraño arnés que le cubría el pecho, las piernas y los brazos. También llevaba una penca de plátanos bajo uno de los mugrosos brazos. Miró atentamente a las porristas y luego, para sorpresa de Matilda, se tocó la nariz:

—Aquí Pulga. Encontré dos invasoras.

Peló un puñado de plátanos y se los echó a la boca. Mientras masticaba, su arnés comenzó a brillar. Se golpeó el pecho y gritó:

—¡Soy poderoso!

Matilda observó detenidamente a la criatura. Este chimpancé era Pulga; una versión muy peluda, pero sin duda era él.

El mismo arnés y el mismo consumo de azúcar; hasta gritaba sus frases. Además, no estaba solo. En un segundo, una linda mona amarilla apareció columpiándose con la cola entre los árboles. Matilda supuso que sería la Ruby Peet de este mundo. Un orangután saltó de árbol en árbol como si sus pies y manos tuvieran pegamento; obviamente, era Duncan. A toda carrera, detrás de ellos, llegó el babuino Jackson Jones, con una nariz roja y brillante, cara azul y unos enormes apéndices robóticos saliéndole de la boca. Pero lo más sorprendente fue la gorila jorobada que pasó volando con la ayuda de dos diminutos inhaladores.

Los animales se colocaron en posición de combate y rodearon a las chicas.

—No se muevan —ordenó la monita amarilla—. Estamos esperando que su máquina se recargue y entonces ustedes y las otras tontas volverán a su lugar.

Lilly se asustó.

—¡Monitos parlantes!

La gorila se golpeó el pecho y le mostró los colmillos.

—Algunos somos primates —dijo, con aire de sentirse insultada.

—¡Corre! —gritó Lilly lanzándose hacia la jungla frondosa.

—¡Espera! —exclamó Matilda, pero Lilly ya se había ido. Matilda corrió tras ella, aplastando ramas y hojas. Saltaban raíces por el camino y las serpientes huían arrastrándose a su paso. Parecía como si la jungla hubiera despertado para atormentarla.

Finalmente alcanzó a Lilly en el momento en que se estrellaba con Tiffany y McKenna.

—¡¿Qué les pasa, chifladas?! —gritó Tiffany.

—¡Nos atacan los monos! —chilló Lilly.

—Se volvió loca —dijo McKenna—. Tengo que publicar su colapso.

Entonces, la gorila voló por encima de ellas, impulsada por dos inhaladores con cohetes. Detrás venía el resto de la banda peluda. Tiffany y McKenna se contagiaron del pánico de Lilly. Las tres se alejaron corriendo y otra vez Matilda quedó sola.

Matilda se enderezó, se sacudió la ropa y gritó hacia los árboles:

—Si quieren hablar, aquí estoy, pero que sea rápido. Tenemos menos de diez minutos antes de que el portal se abra y tengamos que irnos.

La gorila aterrizó con un gran estruendo frente a ella, mientras que las otras criaturas se columpiaban. La monita amarilla trepó al hombro de la gorila y se aclaró la garganta.

—Humanos que hablan.

—Fascinante —dijo el babuino.

—Nunca había estado tan cerca de un ser humano —dijo el chimpancé Pulga—. Huele muy mal.

El orangután se adelantó y la miró con atención.

—Lo de hablar debe ser algún truco que aprendió. Nos está imitando. El ser humano que está en el zoológico también hace algunos trucos.

El babuino Duncan se dejó caer desde un árbol y aterrizó de pie.

—No creo que sea un truco. Parece inteligente.

—¿Se dieron cuenta de que estoy aquí, oyendo todo lo que dicen? —gruñó Matilda.

—Yo no diría que es tan inteligente —dijo una voz desde arriba y a continuación apareció otra criatura. Se veía casi como un gato, con una cola jaspeada. Matilda sabía que se llamaban lémures… por lo menos en su planeta. La miró con curiosidad.

—No es tan inteligente como tú, Mateatleta, pero es brillante para ser de su especie —opinó el babuino.

—¿Cómo? ¿Tú eres Mateatleta? —le preguntó Matilda al lémur—. Quiero decir, ¿eres la Mateatleta de este mundo? No soy de por aquí.

—Eso es obvio —dijo la mona Ruby.

—Pero soy parte de ustedes, es decir, pertenezco a NERDS, aunque en mi planeta. ¡Qué difícil es explicarlo! Me llamo Matilda Choi y me dicen Ráfaga.

—¡De ninguna manera! —dijo con sarcasmo la gorila, y comenzó a dar vueltas alrededor de ella, mirándola de arriba a abajo—. ¡De ninguna manera sería porrista! ¡En ningún planeta!

Fue entonces cuando Matilda se dio cuenta de que la gorila, tenía una sola ceja.

La lémur saltó a una rama.

—Entendemos que vienes de otro lugar. ¿Te das cuenta de que tu visita destruye el multiverso?

—¿También aquí les está pasando?

—Ha habido rasgaduras en el tejido de la realidad. Se han metido cosas en nuestro mundo. De no haber sido por el EIFEMI, no tendríamos idea de lo que ocurre. ¿Entonces tú trabajas con ellos?

—¿EIFEMI?

—El Equipo de Inteligencia y Fuerzas Especiales del Multiverso y las Interdimensiones —respondió el orangután—. Son una versión de los NERDS de la Tierra 1. Combaten delitos a lo largo del multiverso.

Matilda estaba desconcertada.

—¡Vaya! Podríamos pedirles ayuda. Estamos tratando de ponerle un alto por nuestra cuenta. ¿Les dijeron qué versión humana de Mateatleta es la causante de este caos?

—Jarrumf —dijo la lémur.

—Garruuuugá —exclamó el chimpancé Pulga, excitado por el azúcar de los plátanos. Hizo girar el botón de su arnés y preguntó—. ¿Qué están haciendo para detenerla?

—Primero tengo que localizarla. No sabemos qué aspecto tiene —dijo Matilda y se dirigió a la lémur—. Escúchame. Sé que suena disparatado, pero si me dices cosas de ti que pudieran ayudarme a identificar a mi Gerdie, me ayudarías. Es obvio que ustedes dos son muy diferentes, pero ¡estoy desesperada!

La lémur sacudió la cabeza.

De pronto, se oyó un fuerte zumbido. Matilda sabía exactamente qué significaba: el puente se había activado.

—Tienes que llegar al portal —dijo el orangután, como si hubiera leído sus pensamientos.

—Resuelve el problema, humana —dijo la lémur—. No solo está en juego tu mundo.

Antes de que Matilda se fuera, volteó por última vez hacia su yo primate. La gorila le devolvió la mirada. Enseguida, Matilda corrió por el bosque en dirección al sonido del aparato. Encontró al resto del equipo bajando las escalinatas de lo que parecía ser una antigua pirámide maya. La construcción de cinco pisos de piedra labrada se levantaba en medio de la jungla. Matilda distinguió una sala ceremonial en la cumbre. Por el aspecto de los pesados costales que bajaban, ahí era donde estaba el tesoro.

—Qué bueno que no te comieron los monos —dijo Lilly.

Matilda sacudió la cabeza.

—Sí, qué bueno.

—Olvídate de subir a recoger oro. El portal se abrió. Lo arruinaste al correr como loca por la jungla —dijo Tiffany al pasar junto a ella en dirección a la brillante esfera plateada.

—No me gustaría ser tú —dijo McKenna.

Matilda fingió que se sentía decepcionada. En las últimas veinticuatro horas, casi la habían matado unos piratas, casi se la había comido un enorme tiburón blanco y se había visto cara a cara con la versión gorila de ella misma. El medidor de locura había llegado al número diez. Pero todas estas incursiones le parecían preferibles a lo que tenía que hacer a continuación. Para encontrar a Gerdie tendría que hacer algo drástico, y nada más de pensarlo se sintió avergonzada.

14

Los pies de Chiflado estaban atados y sus brazos envueltos en una camisa de fuerza. La pesada cadena que le aprisionaba el pecho estaba asegurada con quince candados industriales; se necesitaría un soplete para abrirlos. Tenía una máscara sobre la boca para evitar que mordiera y estaba amarrado a una silla de ruedas. El personal del manicomio había tomado esas precauciones porque había acudido a visitarlo alguien cuyo nombre había aparecido en una lista que él mismo había titulado "Diez personas que quiero ver morir". La lista incluía a:

1. Duncan Dewey
2. Jackson Jones
3. Julio Escala
4. Ruby Peet

5. Agente Alexander Brand

6. El presumido del canal de comida de la TV que hornea pasteles extremos

7. El encantador de perros

8. Santa Claus, por toda una vida de decepciones

9. Matilda Choi

10. Pendiente... pero seguramente alguien a quien odie de verdad

Con Matilda sentada justo frente a él, se dio cuenta de cuán estúpido había sido hacer la lista, especialmente ahora que su plan estaba en pleno desarrollo. Ahora debía ser encantador, lo cual resulta difícil cuando estás amarrado como animal salvaje.

—¡Vieja amiga! Qué bueno que vienes a visitarme a la casa de la risa —dijo.

El guardia abrió los candados que mantenían atadas las manos de Chiflado y deslizó las cadenas por dos pernos de acero sujetos al piso. Volvió a cerrar los candados.

—Espero que puedas disculpar mi atuendo. Parece que el personal del manicomio me considera peligroso —se inclinó hacia adelante, hasta donde le permitieron las cadenas—. Lo sé. Qué tonto, ¿no?

Soltó una carcajada esperando que Matilda lo acompañara, pero ella permaneció quieta e inexpresiva.

—Estoy aquí porque... necesito tu ayuda —dijo ella, con una mueca de dolor.

Chiflado no pudo contenerse y mostró su nueva risa siniestra. Comenzó lentamente, pero pronto creció hasta convertirse

en un gimoteo que provocaba una profunda jaqueca. Se rio tan fuerte que le dolió el estómago. Si no hubiera estado encadenado a la silla se habría revolcado todo el día en el piso. Gracias a la expresión de Matilda y a sus puños apretados, se dio cuenta de que por fin la había perfeccionado. Basta de jugar al buen chico.

Matilda se aclaró la garganta.

—Queremos que nos digas todo lo que sabes sobre...

—¿Gertrude Baker? —interrumpió Chiflado. La expresión de asombro de Matilda le provocó otra ronda de risitas—. ¿O, como ustedes suelen llamarla, Mateatleta? Una chica brillante. Su habilidad para los números fue incluso superior a la mía después de que recibió sus actualizaciones. Parece que los nanobytes le permitían procesar información mucho más rápido que el cerebro normal, sentí envidia de verdad. Ella y yo fuimos reclutados juntos, ya sabes, pero no se quedó mucho tiempo. Su familia se mudó a Ohio.

—¿Y sabes qué construyó? —preguntó Matilda.

—Debería saberlo: yo colaboré —respondió, riendo entre dientes.

Vio que el rostro de la niña enrojecía de frustración.

—¡En estos momentos esa máquina amenaza a la humanidad!

—Oh, ¿se está volviendo una molestia? —preguntó Chiflado con voz de bebé—. *Lo siento taaaaaanto, pero me temo que she va a poñer muuucho peooor.*

—Juega conmigo y te volaré la cara en mil pedazos.

Chiflado hizo una mueca. No estaba seguro de si era una amenaza o una promesa. Matilda siempre había sido impredecible.

—No hay necesidad de recurrir a la violencia. Pregúntate por qué ayudaría a construir una máquina que permite visitar el multiverso. ¿Solo para crear problemas o provocar apagones?

—Estás evadiendo la pregunta, Heathcliff. ¡Voy a activar mis inhaladores ahora mismo!

Súbitamente, él sintió que le hervía la sangre. Se lanzó hacia el frente, tensando las cadenas.

—¡Mi nombre no es Heathcliff!

—Lo siento, Conejo —dijo Matilda.

—¡Tampoco es ese!

—De acuerdo, ¿entonces cuál es? Ah sí, ¡Simon!

—También he desechado ese nombre por un sobrenombre más apropiado. ¡Puedes llamarme Chiflado! ¿No es divertido? ¿Ves? Estoy en un institución mental para el enfermo criminal. ¡Estoy completamente loco! Sí entiendes, ¿verdad?

—¡Me da igual si te haces llamar John Jacob Jingleheimer Schmidt! —gritó Matilda—. ¡Dime qué has hecho!

Chiflado respiró profundamente y se acomodó en su silla.

—Ráfaga, cálmate. Si algo he aprendido de mi estancia en este lugar es que tienes que aprender a relajarte.

—Cada segundo que permanecemos aquí, el puente empeora las cosas allá afuera.

—Pero te equivocas, agente. La máquina de Gerdie no crea un puente hacia otros mundos. Los aleja de este. Eso es lo que está causando los problemas.

—¿Podemos hacer de cuenta por un instante que no soy una supergenio? —exclamó Matilda, estrellando su puño en la mesa.

—Qué delicada. A estas alturas ya habrás escuchado que hay miles de millones, quizá billones de Tierras que existen en sus propias dimensiones. Lo que no sabes es que esas Tierras existen exactamente en el mismo lugar en todas las dimensiones. Eso se llama constante universal: la ubicación de la Tierra es la única que se mantiene invariable en todas las dimensiones. Cuando Gerdie enciende la máquina, empuja las demás Tierras y las saca de la constante, y cuando eso ocurre expande el multiverso y algunas veces incluso lo rompe, creando un boquete de un mundo a otro. Eso es lo que está provocando ese loco fenómeno, Ráfaga. Su máquina está convirtiendo nuestra dimensión en un queso Emmental.

—¿Así que si encontramos la máquina y nunca más volvemos a encenderla todo volverá a la normalidad? —preguntó Matilda.

—*Nop* —dijo Chiflado, sonriendo detrás de la máscara—. La primera vez que Gerdie activó la máquina, sacó irremediablemente a la Tierra de la alineación. Está flotando fuera de la constante. Mientras más la use, peor se pondrá todo, pero incluso si nunca más la enciendes, los huecos continuarán ahí. De hecho, lo más probable es que se hagan más grandes.

Matilda se quedó muda. Chiflado podía ver cómo intentaba comprender lo que le había dicho.

—Lo cual destruirá la Tierra —añadió amablemente.

—Sí, me había dado cuenta de eso —dijo Matilda—. ¿Cómo lo detenemos?

Chiflado se frotó las manos con entusiasmo. Su plan estaba funcionando tal como lo había previsto.

–No puedes. Solo yo puedo. Tendrás que sacarme de aquí.

–Sí, ¡cómo no! –respondió ella–. No permitiré que tu loco trasero ande libre por ahí. Solo intentarás apoderarte del mundo.

–¡Me ofendes! ¿No ves que soy una persona distinta?

Matilda le lanzó una mirada de desaprobación.

–¡Bueno, está bien! –dijo él, riendo–. Pero soy tu única esperanza. Puedo construir una máquina que ponga a nuestro universo de vuelta en su lugar. Es tu decisión.

Ella se tocó la nariz con la punta del dedo para activar su intercomunicador.

–¿Lo escucharon? –preguntó.

Chiflado la miró y percibió lo que parecía ser una acalorada discusión.

–¡No podemos confiar en él! –concluyó Matilda frunciendo el ceño, y se tocó la nariz para apagar el aparato de comunicación.

–Tenemos un trato –dijo ella–. Estarás bajo la custodia de un equipo que te vigilará las veinticuatro horas del día. Podrás trabajar en esta nueva máquina, pero debes saber que si intentas cualquier artimaña, te lanzaré a un volcán.

–Me doy por enterado –dijo él, sin poder dejar de sonreír. Su plan estaba saliendo a la perfección, pero eso era comprensible: él era un genio. ¡Claro que estaba funcionando!–. Ah, y tengo algunas exigencias, Matilda. Nada que una sociedad secreta de espías no pueda conseguir…

EVIDENCIA: La siguiente es una carta
que detalla las exigencias del ex
agente Heathcliff Hodges, alias
Conejo, alias Simon,
también conocido como Chiflado,
a cambio de salvar el multiverso.

Atención, seres inferiores:

Ha llegado a mis oídos que necesitan mi ayuda. Permítanme comenzar diciendo... ¡ja!

Sabía que este día llegaría. ¡Doble ja!

Pero habrá tiempo suficiente para regodearse después (créanme, lo haré). ¡Hay trabajo que hacer! Para empezar he compilado esta lista de demandas. Me he tomado la libertad de reunirlas en dos categorías: las que rompen los acuerdos y la lista de deseos. Como pueden imaginar, las primeras son cosas que debo tener; mientras que las segundas son para disfrutar, y eso les ayudará muchísimo a sobrevivir una vez que me haya apoderado de este planeta.

Rompeacuerdos

1. Quiero que me saquen de este hospital.
2. Quiero que mi guardaespaldas me acompañe. Por favor, llámenlo e infórmenle que requiero de sus servicios.
3. Quiero que todos mis enemigos sean destruidos.

Lista de deseos

1. Me harté de los gatitos. ¡Encuentren un lugar dónde ponerlos para que no tenga que ver uno nunca más!

2. Quiero una dotación de por vida de la deliciosa golosina llamada Circus Peanuts. Todo aquel que piense que es asquerosa debe ser arrojado al océano para que nunca más tenga que ver a alguien lanzarme una mirada de repulsión mientras me siento a comerla.
3. Quiero mi licencia de conducir, y sí: sé que solo tengo once, pero aun así la quiero.
4. Quiero poder llevar una bazuka conmigo a dondequiera que vaya.
5. Quiero que alguien cargue la bazuka por mí cuando se me haga pesada.
6. Sería completamente maravilloso que me devolvieran mis actualizaciones para poder apoderarme del universo. ;) ¡Es broma!
7. Quiero que una de las ciudades más grandes de este país cambie de nombre a Ciudad Chiflado; dicha ciudad no puede ser Pennsylvania, Rhode Island ni Alaska.
8. Cuando me volví un villano, los recuerdos que mis padres guardaban de mí se borraron. Quiero que recuerden quién soy.

Su (inevitable) amo y señor.
Chiflado

OBSERVACIÓN OFICIAL: Después de una cuidadosa revisión, la mayoría de las solicitudes de Chiflado fueron rechazadas. Recomendamos que el señor Hodges sea vigilado de cerca; nadie a quien le gusten los Circus Peanuts puede estar bien de la cabeza.

Una hora después, Chiflado estaba fuera del hospital. Desafortunadamente se perdió el almuerzo, y era día de tacos.

—Si voy a salvar al mundo, lo menos que pueden hacer es alimentarme —dijo, mientras lo llevaban encadenado por los pasillos de la escuela Nathan Hale. Por supuesto que sabía que estaba prisionero y era responsable de la calamidad de amenazar con destruir el universo, pero ¿acaso tanto les costaba detenerse en algún lugar y pedir algo para llevar?

—La cafetería está cerrada, pimpollo —dijo la cocinera. La morena gigantesca los escoltaba, junto con Erizo de Mar, Diente de Lata, Pulga, Pegote y su propio guardaespaldas.

—¡Necesito tacos! —hizo pucheros—. ¡Pizza! ¡Un hotdog! ¡Debo alimentar mi cuerpo y mi mente!

—Niño, si no te calmas te voy a alimentar con esta cadena —gruñó la cocinera.

De inmediato el guardaespaldas dio un paso adelante e intercambió una mirada mortal con la cocinera.

—¿Te crees ranita, amigo? ¿Por qué no acabas de saltar? —exclamó la cocinera.

El matón le mostró el garfio que tenía por mano.

—¿Se supone que debo asustarme? ¿Qué es lo que vas a hacer? ¿Abrirme una lata de salsa para espagueti? —preguntó la mujer.

—Calma, amigo mío —le dijo Chiflado a su gorila.

—Escucha lo que te dice Chalado —insistió la mujer.

—¡Es Chiflado!

—¿Acaso importa? —respondió ella—. Dile a tu bravucón que se deje engañar por el vestido. Tengo un gancho derecho que se siente como un martillo.

—Solo llevemos a estos dos al Patio de Juegos, por favor —dijo Erizo de Mar—. Mis pies se están hinchando, algo malo está a punto de ocurrir.

—¿Qué crees que lo esté provocando? —preguntó Diente de Lata.

—¡Creo que es radiación! —respondió Erizo de Mar—. La sentí cuando conocimos a esos perros que hablaban y Ráfaga está cubierta de ella.

—¿Así que soy radiactiva? —preguntó Ráfaga—. ¡Genial!, ¿podría ser eso a lo que estés reaccionando?

—No, es algo más grande —repuso Erizo de Mar.

—Graaaagh —exclamó Pulga, y apretó la perilla en su arnés para calmarse—. ¿Será una de esas rupturas?

—Entonces tenemos que salir de aquí —recomendó Chiflado. Él sabía la clase de cosas peligrosas que podían salir de esas rasgaduras, y los NERDS eran tan estúpidos como para querer quedarse y pelear sin importar lo que fuera.

—¿Qué pasa, Hodges? —preguntó Jackson—. ¿Tienes miedo de tener que enfrentar las consecuencias de tu invento?

Repentinamente apareció una luz brillante en el aire frente a ellos, en el pasillo. Una explosión ensordecedora arrojó a Chiflado de espaldas. Siempre se había imaginado las rupturas, pero nunca había visto una en persona. Era al mismo tiempo atemorizante y emocionante. Pudo sentir su brutal poder alrededor de él.

—¡Espero que lo que salga de ese agujero te coma! —gritó Matilda.

En ese momento un batallón de figuras vestidas con extraños trajes plateados salió a toda prisa del agujero. A primera vista parecían humanos, pero cuando disminuyó el resplandor de la grieta, Chiflado pudo ver que eran como saltamontes gigantes. Su cara era plana y verde, con ojos negros y bulbosos. Dos antenas largas y delgadas asomaban de su frente y por boca tenían solo tenazas. Cada uno portaba una extraña arma conectada a tanques colocados en su espalda por medio de mangueras.

—Parece que estamos infestados de humanos, gente. Prepárense para rociar —dijo uno de los insectos.

–Trata de mantenerlos en el pasillo. Si consiguen liberarse pueden ir a su guarida y poner más huevos. Y todos sabemos cuán molesto es deshacernos de ellos –dijo otro.

–¡Puajj! El contrato decía que eran solo unas cuantas alimañas, ¡no humanos! Debemos llamar y decir que les costará más. No quiero que nadie se queje cuando llegue la factura –exclamó un tercer insecto.

–He escuchado que estas cosas son prácticamente indestructibles. Dicen que podrían sobrevivir a una bomba nuclear. Pequeñas cosas inmundas que se arrastran debajo del refrigerador y se esconden ahí hasta el fin de los tiempos. ¡Rocíenlos!

Los insectos dispararon sus armas, desparramando un espeso líquido verde en cada rincón del pasillo. Chiflado no pudo evitar gritar. Más tarde se sentiría avergonzado, pero se trataba de insectos, y él odiaba los insectos. Y los que hablan son aún más monstruosos. Afortunadamente, el siempre torpe Jackson saltó a la acción utilizando sus brackets para construir un escudo y proteger a todos del químico tóxico.

Repentinamente, los insectos se ordenaron a gritos unos a otros que dejaran de disparar.

–¿Qué clase de plaga dispone de su propio campo de fuerza, jefe? –preguntó uno de ellos.

–Debe ser una nueva especie, ¡sigan rociando! –ordenó, y los demás continuaron su actividad de exterminio con los mismos resultados.

—¡Tienes que detenerlos! —le gritó Chiflado a Erizo de Mar.

—¿Yo? ¡Es tu culpa!

—Esperen, ¿alguno de ellos habló? Chicos, no nos pagan suficiente por este disparate. Ponme a ese abejorro gordo en la línea y dile que yo no hago esta clase de trabajo. Humanos que hablan y tienen campos de fuerza requieren al ejército, no exterminadores.

—¡Tonterías! —dijo otro—. No importa lo que puedan hacer: nos pagaron para deshacernos de ellos. Preparen el lanzallamas.

—¡Lanzallamas! —gimoteó Chiflado, mientras se escondía detrás de su matón—. Amigo mío, es un momento perfecto para probar nuestra lealtad. Necesitamos sacrificarnos para salvar a otros.

—Eso es genial, jefe. ¿Qué propones?

—Sal de aquí y atácalos.

—Hummm, nos están disparando veneno.

—Se verá como algo muy valiente —explicó Chiflado—. Naturalmente, yo te lo ordené, lo cual les hará creer que tengo buenas intenciones.

—¿Y dónde está *nuestro* sacrificio? —preguntó el guardaespaldas.

—Alguien tiene que quedarse para asegurarse de que el sacrificio del otro se celebre como es debido. Esos tontos no son lo suficientemente inteligentes como para entender cuán abnegados estamos siendo, y yo estaré ahí para recordarles.

—¿Por qué no hago yo lo del recordatorio y tú lo del ataque? —gruñó el matón.

—¡Estaría feliz de ir! Pero, trágicamente, estoy encadenado, por si no te has dado cuenta. ¿Puedes imaginar la envidia que me da ser el héroe del día? Ahora, deja de echarme en cara mi cautiverio y ve a salvarnos, ¡pero espera mi heroica orden!

El gorila suspiró.

—¡Sonsón, detén a esos monstruos y sálvanos a todos! —gritó Chiflado, y observó cómo su matón se metía de un salto en la pelea. Golpeó a uno de los insectos y luego pateó a otro en la barriga. Usó su garfio para cortar las mangueras conectadas a los tanques de veneno, y casi los había vencido a todos cuando dio media vuelta y descubrió que un arma le apuntaba justo a la cara.

—¡Las odio, criaturas horrendas y rastreras! —dijo el insecto, y disparó.

El matón gritaba y se arañaba los ojos:

—¡No puedo ver!

Chiflado observó cómo sus ex compañeros iban en ayuda del guardaespaldas. Pulga levantó a uno de los insectos gigantes y lo lanzó por los aires hacia el agujero luminoso. Diente de Lata usó su escudo para empujar al resto hacia atrás y Erizo de Mar se levantó de un salto, enterrando su pie en la cara de otro.

El resto de los insectos huyó corriendo directamente hacia la luz, que se fue desvaneciendo junto con el boquete hasta desaparecer.

—Tenemos que llevarlo a la enfermería —dijo la cocinera, levantando al matón y cargándolo sobre su hombro.

Chiflado vio que la cara de su empleado estaba roja e hinchada, llena de horribles ampollas. ¡Era un desastre! ¡Qué suerte! No podría haberlo planeado él mismo.

—¿Vieron lo que hice, mis viejos amigos? —preguntó—. ¿Se dan cuenta del sacrificio que hice? Le ordené a mi único compañero que nos salvara. Espero que hayan apreciado mi valentía. Está claro que soy de confianza.

Todos lo miraron sin creer lo que escuchaban.

¿No podían ver el sacrificio?

—Fui más que heroico al ordenarle que salvara a este grupo... indefenso, podríamos decir —agregó.

Continuaban observándolo.

—¡De verdad! Ahora no tengo guardaespaldas. ¿Saben lo que se siente ser un genio del mal sin un matón? ¡Es como estar desnudo!

Avanzaron por el pasillo, ahora desierto, y se detuvieron frente a una hilera de lockers. Abrieron las puertas, entraron en ellos y fueron trasladados varios pisos abajo, hasta que llegaron al Patio de Juegos. Un grupo de médicos se llevó al matón. Benjamín volaba zumbando sobre Chiflado, como una avispa enojada.

—Así que has vuelto —gorjeó la esfera—. Solo para que lo sepas, tengo mi ojo de fibra óptica en ti. No eres de fiar. De hecho, puedo sentir que tu pulso cardíaco se eleva, prueba de que estás mintiendo.

—¡No dije nada! —chilló Chiflado.

—No tienes que hacerlo —respondió Benjamín.

El agente Brad y la señorita Holiday también los esperaban. El rudo director dio un paso adelante para dirigirse al equipo de científicos ahí reunidos.

–¡Atención, todo el mundo! Como pueden ver, Heathcliff ha regresado para ayudarnos con nuestro dilema actual. Ustedes le brindarán toda su cooperación, pero vamos a dejar algo perfectamente claro: el señor Hodges no es de fiar. Si se entromete en cosas en las que no debería, avísenme y alerten a Seguridad al instante.

–Qué presentación tan cálida –berró Chiflado–. Me siento bienvenido.

Brand volteó hacia él:

–Muy bien, chico, tienes a las mejores mentes científicas a tu disposición. Cuentas con materiales y tecnología de la era espacial. Es hora de que te pongas a trabajar.

–Lo que quiero construir es complicado, y la mayoría de estas llamadas "mentes brillantes" no son más que monos con bata de laboratorio. No tengo el tiempo ni la intención de explicarles la ciencia detrás de mis planes. Será mejor que me pongan en la silla de actualizaciones y que me devuelvan mis dientes para que pueda controlarlo todo. Hipnotizarlos para que hagan el trabajo es la manera más eficiente que hay.

–No vas a acercarte a esa habitación –exclamó Matilda.

Chiflado se indignó.

–¡Tú me pediste ayuda!

–Quiero guardias en la sala de actualizaciones las veinticuatro horas del día –gritó Brand–. Nadie entra ni sale, ni siquiera los miembros del equipo.

—Ya veo —dijo Chiflado frunciendo el ceño. Su ira sacó lo mejor de él y, antes de que se diera cuenta, se había enrojecido y gritaba crueles amenazas a todos. Muy pronto se descubrió a sí mismo atado a una pesada silla.

La esfera azul voló cerca de él y flotó frente a su cara.

—Ahora que estás cómodo, podemos empezar.

Chiflado estaba furioso.

—Para contrarrestar la máquina de Gerdie propongo que construyamos algo propio. Lo que yo llamo "el arpón atómico". En su forma más simple, utilizaremos una cuerda de material subatómico cuidadosamente unido con el que dispararemos a nuestra Tierra desde otra dimensión. Construiremos también un segundo arpón, que activaremos desde aquí. Los dos arpones nos llevarán de vuelta a la constante universal. Una vez que hayamos regresado, la crisis terminará.

—Fascinante —dijo Duncan.

—Te quedas increíblemente corto, Duncan. Es mucho más que eso. Este plan consolida mi posición como la mente más importante de este universo... ¡o de cualquier otro! —se jactó.

—¿Cuánto tiempo te tomará construirlo? —le preguntó, irritado.

—Oh, podría tomarme miles de años terminarlo.

—¡Muy bien! —gritó Brand—. ¡Vas de vuelta al hospital!

Chiflado se mostró sorprendido por la reacción del espía.

—Esta máquina es teórica y los cálculos necesarios para que funcione están más allá de lo que cualquiera podría lograr.

Nadie está más frustrado que yo. ¡Imaginen ser un genio y estar completamente conscientes de sus limitaciones! ¡Me está matando!

—¿ENTONCES POR QUÉ ESTÁS AQUÍ? —gritó Brand.

—Porque no está fuera del alcance del cerebro de Gerdie Baker, o al menos no del de Mateatleta. Traigan a Gerdie y devuélvanle sus actualizaciones. Su cerebro supercargado me ayudará a ensamblar mi invento.

—¡Por supuesto que no! —dijo Erizo de Mar.

—¡Las actualizaciones de Gerdie son esenciales! —dijo Heathcliff—. No puedo construirlo sin ella.

—No podemos encontrarla —exclamó Ráfaga, y usó su inhalador—. Cambió su apariencia. Ya no luce como antes.

—La respuesta es más que obvia: las matemáticas —dijo Chiflado.

—¿Las matemáticas?

—Ella las ama. ¡No!... "amar" no es la palabra adecuada: está obsesionada con las matemáticas, no puede evitarlo. Si hay un problema ella tiene que resolverlo, y mientras más complicado sea, mejor. Se entregará si le muestran la ecuación indicada.

—Si te traemos a Gerdie, ¿aún te tomará miles de años? —preguntó Brand.

Chiflado negó con la cabeza.

—Juntos podemos construirlo en un instante. Pegote y Erizo de Mar podrían activar las máquinas aquí. Gerdie y yo iremos a otra Tierra para dispararla desde allá.

Chiflado observó a Brand: estaba lleno de ira.

—Ráfaga, el tiempo se agota. ¡Necesitamos a Gerdie Baker! ¡Ahora!

Matilda suspiró y giró hacia Duncan:

—Voy a necesitar la ecuación matemática más difícil que puedas hallar.

15

Matilda regresó al campamento mientras las chicas desayunaban. No se habían percatado de que se había ido.

—¿No hay huevos? —rezongó al sentarse con las otras en las mesas al aire libre. En su plato había brócoli, arroz integral, tofu y algo asqueroso.

—Jeannie es vegetariana —explicó Kylie, mientras sorbía su sopa de tofu al jengibre—. Y Toni cree que el desayuno le produce acné.

Matilda olfateó su arroz y sacó la lengua. Lo picoteó hasta que todas se levantaron, menos Kylie.

—No te gusta, ¿verdad? —le preguntó.

—Más bien soy chica de waffles, salchichas, huevos y más salchichas.

—¡Tonta! No hablo de la comida, sino de la animación deportiva.

Matilda se quedó pasmada. La señorita Holiday le había advertido que se mostrara positiva cuando estuviera con las chicas. Las porristas son normalmente personas felices. ¿Acaso su desdén inicial por la misión la había marcado como una gruñona?

—Te entiendo —continuó Kylie—. Tampoco quisiera estar aquí si mis padres estuvieran divorciándose.

—¿Qué?

—Lilly me dijo que estabas enojada por eso. Mis papás también se divorciaron. Probablemente estás en lo de la animación deportiva para llamar la atención.

Matilda asintió con la cabeza. No sabía a dónde se dirigía esta conversación y no necesariamente estaba de acuerdo con Kylie, pero si una de sus sospechosas estaba hablando, la dejaría seguir.

—Mi mamá y mi papá estaban tan enredados en sus pleitos que a veces se olvidaban de lo confundida que me encontraba yo. La única manera de llamar su atención fue convertirme en porrista. Mi mamá también fue porrista a mi edad. Mi papá me contó que se conocieron en un juego. Cuando me interesé un poco más en la animación, se preocuparon un poco más en mí. De todos modos, a veces me siento un fraude. Las faldas y los peinados… como que no son para mí. Más bien, soy poco femenina.

—Me han acusado de lo mismo —admitió Matilda.

—Me metí en algo que los emocionaba, y dejaron de pelear… un poco. Sé de muchos niños que hacen lo mismo. Se dedican a los deportes, la pintura o lo que sea. Tengo un vecino que empezó a vestirse como un inadaptado solo para que sus padres se interesaran por él. Tenía unas botas de combate que nunca se quitaba. Las traía puestas hasta cuando se iba a dormir –Kylie sonrió con tristeza y concluyó–. Me imagino que todos hacemos lo que tenemos que hacer.

Matilda no podía hablar. De repente, dejó de sentirse como una agente secreta. Se suponía que debía reunir información sobre Kylie y las demás, pero parecía que su amiga era la única que lo comprendía todo. Las ropas raras de Matilda, la lucha libre, la asociación Ultimate Fighting… todo había sido un intento para que Molly y Ben dejaran de discutir.

Cuando los nanobytes de los inhaladores controlaron su asma, no había motivo para que sus padres tuvieran que ocuparse de ella. La ropa y el pelo alocados habían sido un esfuerzo por devolverlos al mismo equipo. Había inventado una versión de sí misma para que le prestaran atención, una Matilda alterna; pero no había servido de nada.

Guardó silencio el resto del desayuno, dedicada a escuchar a las chicas reír y contar anécdotas de chicos y de maestros.

De pronto, estornudó. Alguien del equipo necesitaba hablar con ella. Se disculpó y se dirigió al baño. Después de verificar que estaba a solas, entró en un gabinete vacío y metió la mano en su bolsillo. Era la ecuación de Duncan. Matilda no le encontró pies ni cabeza, pero si Chiflado tenía razón, sería como una segunda lengua para Mateatleta.

Volvió a estornudar y la voz de Duncan brotó dentro de su cabeza.

—¿Cómo te va?

—Tengo la ecuación. Deséame suerte —le dijo.

—Qué lástima que tenga tanta prioridad, Ráfaga —agregó Duncan—. Las finales de la ANP son mañana y el equipo Fuerza de Ataque es lo máximo.

—¿Qué quieres decir?

—Mi hermana acaba de inscribirse en el escuadrón de su escuela y está obsesionada. Me dijo que si el equipo juvenil de élite no tiene por lo menos ocho integrantes, debe retirarse. Cuando tú y Gerdie se vayan, en el equipo quedarán siete porristas. Tendrán que abandonar la competencia —Matilda guardó silencio, Duncan se aclaró la garganta para despedirse—. Bueno, ¡que te vaya bien con Mateatleta!

Matilda se apretó la nariz para finalizar el enlace y salió a lavarse las manos. Nunca había pensado en lo que le dijo Duncan: arrestar a Gerdie no solo sería el final de su misión, sino que también le arruinaría una ilusión a su equipo. Todo su esfuerzo habría sido en vano. Era una pena que las demás chicas hubieran quedado atrapadas en esto. Aunque estaban causando un gran caos, de verdad eran entusiastas de la animación deportiva. Incluso debajo del desprecio de Tiffany por las otras, había destellos de alegría cuando practicaban. No quería admitirlo, pero empezaba a encontrarle el gusto. Era una actividad intensa y muscular; se parecía a ser agente secreta. Nunca lo aceptaría, pero se estaba divirtiendo.

Se aplicó otra capa de lápiz de labios mirándose en el espejo. Con un sobresalto, se dio cuenta de que no se reconocía. ¿Quién era esa Matilda, esa chica femenina y sonriente? Ni en sueños hubiera imaginado que existiera tal persona debajo de su cabello zarrapastroso y sus botas de combate. Se había esforzado mucho por pasar de ser enfermiza y doliente a ser una superespía. Quería que la gente la viera como alguien que sabe cuidarse. ¿Había exagerado? ¿En su interior habría también un lugar para la porrista Maddie?

¡No! Enojada, arrojó el lápiz de labios a la basura. ¿En qué estaba pensando? ¡No era una porrista! Era una NERD. Había sido enviada a una misión para desenmascarar a alguien que trataba de destruir el mundo. ¿A quién le importaban estas chicas estúpidas y su tonta competencia?

Matilda arrugó la ecuación y dirigió de nuevo a las mesas exteriores. Las chicas estaban reunidas, conversando antes de la práctica del día.

—¿Alguna sabe de álgebra? —les preguntó—. Reprobé matemáticas y mi profesor me dijo que si no resolvía este problema, me podía ir de la escuela de verano. ¡No es justo! Antes de ir a nuestra escuela, trabajó en la NASA o algo así.

Kylie tomó el papel. Matilda deseó que ella no fuera Gerdie. Le caía bien y pensaba que era su mejor amiga en el grupo. Por fortuna, Kylie torció los ojos y le pasó el papel a Jeannie.

—Soy malísima para esto. No tiene ningún sentido.

Jeannie tuvo una reacción parecida y le extendió la hoja a Toni, que se encogió de hombros y se la pasó a Pammy, como si tuviera una papa caliente en la mano. Matilda vio como el rostro de Pammy se contraía de horror, como si la ecuación fuera algo particularmente desagradable.

—Solo de verla, me da dolor de cabeza.

Pammy se la entregó a McKenna, que no levantó la vista del mensaje que estaba escribiendo y se la pasó a Tiffany, que la estudió detenidamente. Matilda observó su rostro. A diferencia de las otras niñas, Tiffany no se mostró confundida ni acobardada. De hecho, parecía como si tratara de resolverla mentalmente. El corazón de Matilda dio un vuelco. Tiffany era Gerdie. ¡Tenía que ser ella! Pero entonces...

—¡No es para mí! —exclamó la chica y alzó la vista.

Matilda disimuló su conmoción. En el fondo, Tiffany había sido su principal sospechosa. Quizá solo fingía ser tonta. ¿No le había dicho Kylie que era mejor pasar por tonta entre las demás chicas? Tal vez la chica era bastante lista como para saber que las matemáticas la delatarían.

Tiffany le extendió la ecuación a Lilly, quien la examinó atentamente.

–¿Qué es? –preguntó.

–La tarea de Maddie –contestó Tiffany.

–La respuesta es dos tercios de diez a la novena potencia. ¿Es tu tarea? ¡Qué complicada!

–¡Guau! –exclamó McKenna–. Lilly es como una maga de las matemáticas.

–Más bien como una Mateatleta –dijo Matilda.

Los ojos de Lilly se encontraron con los de Matilda y se miraron fijamente una a la otra.

–¿Quién te envió? –preguntó Lilly.

–Pertenezco a NERDS –contestó Matilda.

–¿Viniste a detenerme?

Matilda asintió.

–¿Crees que vas a poder?

Matilda volvió a asentir.

–¿Qué pasa? –preguntó Shauna.

Lilly apretó los puños.

Matilda sonrió. Hacía días que no le daba unos buenos puñetazos a nadie. Estaba atrasada. Lanzó el primero, pero Lilly lo esquivó. Arrojó otro, con el mismo resultado. Luego intentó una ronda de patadas voladoras, pero Lilly detuvo fácilmente cada embate.

–Eres buena –dijo Matilda, impresionada.

–Recibí el mismo entrenamiento que tú, pequeñita –repuso Gerdie, y respondió con una serie de puñetazos y patadas que Matilda evitó.

—¡Basta ya! —exclamó Kylie—. ¡Son compañeras!

—No, no somos compañeras —dijo Matilda—. Cuéntales la verdad.

Gerdie saltó sobre una de las mesas y cambió el estilo de combate por el de artes marciales para dar golpes certeros en el rostro, pecho y estómago de su contrincante. Las artes marciales nunca habían sido el fuerte de Matilda. Le chocaban los movimientos estrictos y prefería la libertad de la lucha callejera. Sabía lo suficiente para defenderse, aunque también sabía que no duraría mucho; así que improvisó y lanzó los platos y cubiertos del desayuno como proyectiles. Gerdie los esquivó todos.

—Se llama Gertrude Baker —les gritó Matilda a las otras chicas—. Ella inventó la máquina que han estado usando.

Tiffany afirmó con la cabeza.

—Es verdad. Me la dio a cambio de tener un lugar en el equipo. Yo no la quería.

—¿Aceptaste un soborno? —exclamó McKenna.

—Nos sirvió para pagar el autobús. No hubiéramos llegado tan lejos sin ella.

—¡Tengo que publicar un mensaje!

—Gerdie usó la máquina para robar en otros universos, igual que ustedes —continuó Matilda—. Usó el dinero para pagar una cirugía plástica completa. Si la hubieran visto como era antes, no la reconocerían.

Gerdie hizo una mueca e intensificó su combate.

—En su casa en Akron, Ohio, la llamaban Tremenda Gerdie.

—¡Cállate!

—Tenía dos hermanas preciosas, que parecían modelos. Ella estaba supercelosa y decidió convertirse en ellas.

—¡Cállate!

—Y puso en peligro el mundo y todos los demás planetas que visitaron. De hecho, hay billones de mundos a punto de ser destruidos porque Gerdie quería ser bonita para que ustedes la quisieran —dijo Matilda, y sorprendió a Gerdie con un golpe en el estómago—. Pero no es una de ustedes. Es una nerd, una perdedora, una inadaptada.

—¡Igual que tú! —contestó Gerdie, furiosa.

—No, igual que yo, no —gritó Matilda y se elevó en el aire con sus inhaladores—. Yo estoy orgullosa de ser quien soy. Estoy orgullosa de ser una nerd.

Pateó a Gerdie en la cara y la porrista cayó de espaldas al suelo.

Matilda aterrizó y oprimió el comunicador de su nariz.

—Ráfaga al Patio de Juegos.

—¿Me tienes buenas noticias, agente? —dijo el señor Brand.

—Atrapé a Mateatleta —dijo en el instante en que Gerdie se lanzó contra sus pies y la derribó. Las dos rodaron por el suelo. Las otras porristas gritaban.

—¿Qué pasa? —preguntó Brand.

—¿En este momento? Me está dando una paliza —explicó Matilda.

—El equipo está en marcha —contestó Brand.

Matilda recibió un golpe en la mandíbula y se le aflojaron los dientes. En respuesta, le clavó el codo en el estómago.

Las dos chicas intercambiaron patadas y puñetazos por todo el campo. Gerdie estaba bien entrenada. Sus embates eran rápidos y enérgicos, pero al final, Matilda pudo sujetarla por la espalda y dominarla. El resto del equipo miraba en silencio, asombrado, hasta que Kylie habló.

—¿Y tú quién eres?

—Soy una espía —dijo Matilda—. Pueden llamarme Ráfaga. Lilly, Gerdie o como quieran llamarla, es una fugitiva y me enviaron a detenerla.

Pammy se veía como si estuviera a punto de vomitar.

—¿Viniste aquí y fingiste que eras una de nosotras?

—En realidad, Gerdie lo hizo primero —repuso Matilda.

Gerdie pateó el suelo, furiosa.

—Lo admito, pero me esforcé por ganarme mi lugar. Eso fue real. Solo quería ser bonita.

—¿Qué va a pasar ahora? —preguntó Jeannie.

Matilda se dio cuenta de que todas estaban enojadas.

—Bueno, me la llevaré de regreso para que arregle todo lo que hizo.

—¿Y qué va a pasar con nosotras? —preguntó McKenna.

Matilda frunció el ceño para ocultar su incertidumbre.

—¿Con ustedes? No son el centro del mundo. ¡Ni siquiera son una parte diminuta! Son porristas. El multiverso entero está en peligro. ¿A quién le interesa lo que pase con ustedes?

—¿Y las finales? —le preguntó McKenna a Tiffany—. Son mañana.

Tiffany sacudió la cabeza.

—Lilly y Maddie o quienes sean nos arrastraron a su drama estúpido. Tendremos que retirarnos.

Algunas de las niñas comenzaron a llorar. Otras tenían el rostro endurecido y veían con odio a las dos falsas porristas. Kylie ni siquiera miraba a Matilda.

FIN DE LA TRANSMISION

¡ESTOS RESULTADOS SE ESTÁN
PONIENDO CADA VEZ PEOR! VAMOS
A INTENTAR ALGO SENCILLO, COMO
COMPLETAR LAS FRASES.

AHORA BIEN: NORMALMENTE TU TENDRÍAS
QUE LEER LAS SIGUIENTES FRASES
Y ELEGIR LA PALABRA QUE TE PAREZCA
MEJOR, PERO HASTA AHORA ESO NO HA
FUNCIONADO. ERES UNA ESPECIE DE FENÓMENO.
LO ÚNICO QUE SE ME OCURRE ES QUE ESTÁS
CONFUNDIDO O VIVES DEMASIADO CERCA
DE UNA SUBESTACIÓN ELÉCTRICA, ASÍ QUE
TE VOY A AYUDAR A ESCOGER LAS RESPUESTAS
CORRECTAS. VERÁS MIS ÚTILES PISTAS
A LO LARGO DEL TEST. ¡SÚPER FÁCIL!

1. CUANDO ERA PEQUEÑO, LOS OTROS NIÑOS
ME HACÍAN:

_____

a. REÍR (1 PUNTO)
b. FELIZ (1 PUNTO)
c. ANIMAR AL EQUIPO (1 PUNTO)
d. PROVOCAR INCENDIOS (10 PUNTOS)
¡NO ESCOJAS ESTA!

2. CUANDO VEO EL AMANECER,
ME DAN GANAS DE:

_____

a. AGRADECER AL MUNDO POR OTRO
DÍA DE VIDA (1 PUNTO)

b. GOZAR DE LO MARAVILLOSO
   QUE ES EL UNIVERSO (1 PUNTO)
c. SENTIR SUS RAYOS ACARICIAR
   MI PIEL (1 PUNTO)
d. ROBARME EL SOL Y MANTENERLO
   PRISIONERO HASTA QUE EL MUNDO
   ME PAGUE UN TRILLON DE DOLARES
   (10 PUNTOS) ESTA NO ES LA
   BUENA, CHICO.

3. MIS PADRES SON:

_____

a. PERSONAS AMOROSAS (1 PUNTO)
b. MI INSPIRACIÓN (1 PUNTO)
c. MIS HÉROES (1 PUNTO)
d. SALTIMBANQUIS QUE ME ENSEÑARON
   A ESTAFAR A LA GENTE (10 PUNTOS)
   ¡NOP! ¡PARA NADA! ¡NO LA ESCOJAS!

4. MI MAYOR DESEO SERÍA:

_____

a. LA PAZ MUNDIAL (1 PUNTO)
b. QUE HUBIERA UNA CURA PARA
   TODAS LAS ENFERMEDADES
   (1 PUNTO)

c. QUE SE ACABE LA POBREZA
   (1 PUNTO)
d. CAPTURAR A MIS ENEMIGOS
   Y EXHIBIRLOS EN UN ZOOLÓGICO
   HUMANO (10 PUNTOS) ESTA ESTÁ
   MUY MUUUY MAL.

5. NO HAY NADA MÁS ADORABLE QUE:

_____

a. UN CACHORRITO (1 PUNTO)
b. UN CONEJITO (1 PUNTO)
c. UN CACHORRITO Y UN CONEJITO (1 PUNTO)
d. UN COMBATE MORTAL ARBITRADO
   POR UN BEBÉ (10 PUNTOS)
   NI SIQUIERA PIENSES EN ESCOGER
   ESTA, CAMPEÓN.

OK, A SUMAR:

_____

¡AAAARGH! ¡¿PARA QUE ME ESFUERZO?!

ACCESO CONCEDIDO

COMENZANDO TRANSMISIÓN:

16

Matilda, la cocinera y algunos niños que supuestamente eran miembros actuales del equipo llevaron a Gerdie al Patio de Juegos. Matilda vio a la señorita Holiday esperando cerca de la mesa de la sala de juntas. Era agradable ver un rostro familiar, aunque su expresión fuera de total decepción.

–No lo entenderías –dijo Gerdie, sabiendo que la mujer quería una explicación acerca de su comportamiento.

–¿Crees que no sé lo que es sentirse rara, Gerdie? –preguntó la señorita Holiday–. Si me hubieras preguntado ante te hubiera podido enseñar algunas fotografías mías que te pondrían los pelos de punta. Era un desastre, pero salí adelante. Tú también lo harás.

–No podía esperar.

—Tu impaciencia casi destruye el mundo —dijo Benjamín, mientras flotaba hacia ella.

—Pero tienes la oportunidad de arreglar las cosas —continuó la señorita Holiday, mientras abría las esposas que aprisionaban las muñecas de Gerdie.

—¿Estás lista para tus actualizaciones? —preguntó Benjamín.

—Sí, las extrañé.

—Entonces comencemos —dijo Matilda—. Estoy exhausta y quiero quitarme este estúpido uniforme.

La señorita Holiday condujo a Gerdie a la sala de actualizaciones y deslizó la puerta detrás de ellas para cerrarla mientras una voz electrónica y familiar salía de las bocinas ubicadas en la pared:

—Buscando debilidades.

—Sala de actualizaciones, detén el escaneo. Habla la señorita Holiday; accede al archivo nombrado "Mateatleta".

La voz electrónica guardó silencio por un instante y luego dijo:

—Archivo encontrado. Accediendo a los datos.

—Reinstalar —ordenó la señorita Holiday.

Una cama surgió del piso y Gerdie quedó recostada en ella. Sus manos y pies quedaron sujetos con correas, mientras descendían tubos y mangueras del techo.

Pronto sintió los diminutos nanobytes, que recorrían su torrente sanguíneo y subían hasta su cabeza. Complejos números y ecuaciones iluminaron su cabeza por dentro, como pequeñas luciérnagas. Porcentajes y probabilidades nadaban libremente

en el mar de su conciencia, sin salvavidas. Sentía que no había nada que no pudiera entender.

Cuando el proceso terminó, la puerta deslizante del cuarto de mejoras se abrió y Gerdie salió para encontrarse con el resto del equipo NERDS. El agente Brand, a quien no conocía, la saludó. La cocinera le dio la bienvenida de regreso.

–¿Estás lista para comenzar? –preguntó Brand.

Gerdie asintió y notó cómo su sonrisa crecía. La necesitaban, hacía falta. Si no hubiera sido arrancada tan pronto de este mundo cuando apenas se había integrado a él… bueno, ¿quién sabe? Quizá ser Pie Grande habría sido más tolerable.

–Antes de que empieces, una advertencia –dijo Benjamín–. Gerdie Baker, sé que trabajaste con Heathcliff…

–¡Chiflado! –gritó el niño desde el otro lado de la habitación.

–Chiflado –corrigió Benjamín–. Sé que has trabajado con él, pero ya no es quien recuerdas. No dejes que te convenza de cometer otro crimen.

–Gracias, Benjamín, pero te aseguro que mis actualizaciones me hacen mucho más inteligente que él –dijo Gerdie–. No volverá a engañarme.

Heathcliff rio entre dientes, pero no dijo nada.

Los dos pusieron manos a la obra. Ella estaba impresionada con la teoría que él le planteó, pero rápidamente se dio cuenta de que la persona promedio –incluso con un cerebro brillante– no podría haber hecho los cálculos para lograr ese resultado.

Con un equipo de cien científicos ella ensambló una ecuación que se extendió por cincuenta pizarrones. Cuando se les acabó el espacio tuvieron que usar los azulejos de la pared.

Heathcliff construyó y desarmó una docena de versiones distintas de su arpón atómico. Cada una carecía de la combinación exacta de energía, potencia y estabilidad, y cada fracaso lo hacía enfurecer. Le gritaba a todo el mundo, especialmente a su matón, cuya piel aún estaba llena de cicatrices y ampollas por el ataque de los insectos. La cabeza del hombre estaba envuelta en vendas y era evidente que necesitaba guardar reposo, pero decía que su lugar estaba junto a su jefe, incluso si su única tarea consistía en conseguirle malteadas y hamburguesas.

Con la advertencia de Benjamín en mente, Gerdie mantuvo vigilado a Heathcliff. Aun así, no podía evitar admirar sus ideas. Los dos ex miembros de NERDS estuvieron despiertos hasta tarde ensamblando la versión final del aparato que podría salvar el multiverso.

–¿Por qué haces esto? –le preguntó ella finalmente, mientras los científicos que los ayudaban iban por su cuarta, quinta o sexta taza de café–. Me dijeron que querías apoderarte del mundo.

–Necesito que haya un mundo del cual apoderarme –explicó Heathcliff.

–¿Y cuando hayamos terminado y el mundo esté a salvo?

–Comenzará mi próximo plan para conquistar esta terrible bola de mugre –respondió sin titubear–. Oh, pareces sorprendida. ¿Crees que quiero dominar el mundo para aplastarlo bajo mi suela? No. Quiero hacerlo un mejor lugar para personas como nosotros, Gerdie. Toda nuestra vida hemos sido atormentados por chicos populares y abusadores. ¡Mírate! Tu propia familia abusó tanto de ti que tomaste una drástica decisión médica. Te obligaron a crear una nueva versión de ti. ¿Eso te parece correcto?

—No —susurró Gerdie.

—Quiero cambiar las cosas para que nadie se sienta así nunca más.

—Somos nerds. No podemos cambiar eso —dijo ella.

—¡Es ahí donde estás equivocada, Mateatleta! Somos especiales y mejores que los que nos rodean. Debemos ser considerados faros de esperanza en vez de escondernos en los baños o correr a casa después de la escuela. Eso es lo que quiero para este mundo.

—Y un ejército de esclavos para cumplir tus caprichos.

—¡Bueno, desde luego! ¿Quién no?

Gerdie terminó de apretar el último tornillo del aparato y dio un paso atrás. Frente a ella estaban los arpones atómicos: dos dispositivos de metal idénticos, con tirantes para usarse como mochila y un puente rosa brillante. La cabeza le daba vueltas mientras él revisaba una vez más la ecuación buscando posibles errores. Pero no había nada de qué preocuparse.

—¡Vamos a salvar el multiverso, Heathcliff!

El chico sin dientes frontales asintió:

—Claro que sí. El mundo nos baja los pantalones y nos deja llenos de moretones, pero cuando se trata de salvar a la raza humana, siempre buscan a los nerds.

17

Las horas que tardaron en armar el arpón atómico fueron las más difíciles en la vida de Chiflado. Tuvo que mostrar su mejor conducta y hacer a un lado sus planes de caos y destrucción, y además tuvo que sonreír... demasiado. Sonreía como idiota para que todos pensaran que era digno de confianza y mostraba la enorme ventana que había donde antes estaban sus dientes delanteros. El alivio que sintió al terminar sus máquinas se transformó rápidamente en el deseo de que llegara el momento en que sus ex compañeros se dieran cuenta de que él los había engañado.

–Cuando crucemos por el puente a la otra Tierra, les enviaremos una señal –dijo Chiflado, disimulando apenas su alegría–. Cuando la reciban, cuenten cinco segundos y enciendan el arpón. Los rayos nos llevarán a nuestro lugar. A los diez minutos se terminará el trabajo de los arpones y Gerdie y yo regresaremos a este mundo.

—Y destruirán sus inventos de una vez y para siempre —dijo Erizo de Mar.

—¡Claro, claro! —dijo Heathcliff—. De todos modos, no jueguen con los botones, son muy sensibles y si hay algún problema, puedo quedar atrapado en un mundo paralelo para siempre.

—Evitaremos la tentación —bromeó Jackson.

—Bueno, entonces, ¿quién quiere salvar el universo? —preguntó Duncan—. Gerdie, si eres tan amable…

—Programé el dispositivo para hallar un mundo similar a este —dijo Heathcliff, mientras presionaba botones en la máquina que Gerdie llevaba en la muñeca—. Creo que estamos de acuerdo en que lo último que necesitamos es terminar en un planeta lleno de gusanos parlantes o algo peor.

Luego Heathcliff observó cómo Gerdie oprimía el botón de encendido. Nunca había visto el funcionamiento del puente. Era genial sentir su enorme potencia. La esfera de luz creció y creció, al igual que su orgullo. Sin duda poseía un intelecto superior. ¡Si tuviera tiempo para pensar en su genio!, pero debía concentrarse en los asuntos que lo ocupaban en ese momento. Se colocó sobre la espalda uno de los dos arpones atómicos y se dirigió a los NERDS.

—¡Recuerden que tienen que esperar la señal! —gritó por encima del ruido.

A continuación, cruzó el portal junto con Gerdie. Se produjo un destello y cuando sus ojos se acostumbraron, vio que había llegado a un Patio de Juegos idéntico al de la Tierra. Todo, desde los azulejos del techo hasta los lugares de los científicos, era exactamente igual.

—Es idéntico al nuestro —dijo Gerdie.

—Así parece —le contestó Heathcliff poniendo el arpón atómico en el piso, frente al portal. La máquina tenía la forma de un telescopio gigante y apuntaba de regreso a su mundo. Gerdie lo ayudó a oprimir botones y calibrar sensores. En un instante, el arpón estaba listo para operar.

—¡Envía la señal! —le gritó Heathcliff a Gerdie, mientras pensaba: *¡Qué tonta eres!* Sus planes estaban a punto de triunfar, así que contuvo su lengua.

Sin sospecharlo, Gerdie oprimió el botón de transmisión, contó hasta cinco y apretó el botón de activación. La máquina comenzó a zumbar y brillar, mientras la radiación se estrellaba en el hoyo blanco del centro.

—¡Funciona! —exclamó Gerdie—. Ahora solo hay que esperar diez minutos y regresar.

Heathcliff odiaba que la gente dijera cosas obvias. ¿Qué iba a decir la chica después? ¿Que el cielo es azul? ¿Que el agua está mojada? ¿Que Chiflado era peligrosamente guapo? ¡Bah! ¿Por qué siempre estaba rodeado de simplones? Por lo menos, a partir de ese momento, sus problemas se iban a terminar.

Heathcliff aprovechó que Gerdie observaba la sorprendente máquina y corrió a la sala de actualizaciones. Tal como esperaba, era idéntica a la de la Tierra. Oprimió un botón en el tablero del centro y dijo:

—Quiero mis actualizaciones.

Entonces apareció Gerdie en la puerta.

—¡Viniste por tus dientes! —le gritó—. Todo fue por tus tontos dientes: me diste el número de la ecuación, hiciste que el equipo me devolviera mis actualizaciones, construiste estas máquinas y pusiste al mundo en peligro.

—¡Los dientes no son tontos! —exclamó Heathcliff—. Me dan poder. Me hacen especial. Son la clave de mi destino.

—Dijiste que querías mejorar el mundo, pero no te importa. ¡Casi lo destruyes!

—¡Mateatleta! Por primera vez no estás usando el cerebro. No tengo intenciones de causar el fin del multiverso. ¿Cómo voy a dominarlo si lo destruyo?

—¿Dónde están los NERDS de este mundo? Tienen que detenerte.

—Busqué un mundo en el que todos hubieran sido secuestrados por una raza extraterrestre —dijo—. ¡Aquí no hay nadie!

En ese instante la puerta de la sala de actualizaciones se cerró y Gerdie quedó fuera. Una cama surgió del suelo a espaldas de Heathcliff. Varias correas lo sujetaron de pies y manos. Luego, la cama se inclinó hacia arriba, de modo que quedó paralela al suelo.

—Buscando debilidades —dijo la computadora, mientras un conjunto de luces danzaban sobre el cuerpo del chico—. Debilidad detectada. Al sujeto le faltan los dientes frontales. ¡Preparando actualizaciones! —del techo bajaron tubos y mangueras.

—¡Correcto! —dijo Heathcliff con su risa maniática—. Quiero recuperar mis grandes dientes hipnóticos y bellos.

De pronto, todo se detuvo.

—Debilidad detectada.

—¿Qué? ¿Cuál debilidad?

—Buscando…

—¡No, olvida las debilidades! ¡Quiero los dientes! —gritó, pero la máquina fría y sin emociones continuó.

—El sujeto tiene una gran inteligencia.

—¿Cómo? Ah, sí. Soy un genio, pero ¡eso no es una debilidad!

—La cabeza del sujeto no es lo bastante grande para su potencial. El tamaño del cerebro y el cráneo impiden que alcance su máxima inteligencia. Preparando actualizaciones.

—¡Alto! —gritó Heathcliff. Trató de zafarse de las correas, pero estaban muy ajustadas. Cuando los tubos descendieron y comenzaron las inyecciones, ya no había nada que pudiera hacer. Llamó a gritos a Gerdie, pero ella no podía entrar en la sala.

—Relájese —dijo la computadora.

18

Cuando Erizo de Mar y Pegote anunciaron que la máquina de Heathcliff estaba funcionando, la señorita Holiday llamó aparte a Matilda.

–Creo que es todo por hoy, Ráfaga –le dijo.

–¿Está segura de que ya no me necesita? Esperaba darle un par de puñetazos a Heathcliff cuando regresara… como lección.

–Tal vez otro día –respondió la bibliotecaria–. Alexander me dijo que está orgulloso de ti.

Matilda no pudo contener una sonrisa. Brand no solía hacer elogios.

–Usted provoca un buen efecto sobre él –comentó.

La señorita Holiday se sonrojó.

–Eso sería lindo, ¿no?

Matilda recogió su mochila del equipo de porristas y se fue a casa. Entró con sigilo para evitar a sus hermanos, que sin duda se burlarían de su falda. Cruzó de puntitas el pasillo y se metió en su cuarto. Se quitó el uniforme y el maquillaje, las cintas del pelo y los pompones, y tiró todo a la basura.

Se dio un baño para lavar todo el producto que tenía en el cabello y las capas de sombra de los ojos. Cuando quedó libre de base y delineador de labios, se puso una bata y se acercó al armario. Encontró su camisa favorita –negra y holgada– y sus botas de combate. Luego de ponérselas, al fin se sintió ella misma.

Llamaron a la puerta. Al abrir vio a sus padres.

–¿Qué haces aquí? –preguntó Ben–. Las finales empiezan en media hora.

Matilda se sonrojó.

–Renuncié.

–¿Renunciaste? ¿Por qué? –preguntó Ben.

–Fui una tonta, papá. No soy animadora. No encajo allí.

–Nos desilusionas –dijo Molly–. No te criamos para que te des por vencida.

–Tienen mucho que decir al respecto –gruñó Matilda–. ¿Quiénes son ustedes para hablarme de no darme por vencida?

Ben y Molly se miraron.

–Supongo que piensas que nos merecemos esto –dijo Ben–. ¿Crees que nos dimos por vencidos?

—¿Acaso no es así? —cuestionó Matilda, furiosa.

—En realidad, no —dijo Molly—. No nos dimos por vencidos. Durante años nos esforzamos por nuestro matrimonio.

—¡Debieron esforzarse más!

Ben se sentó en la cama y tomó su mano.

—Eso es injusto, Matilda. Tu madre y yo fuimos con un consejero. Nos esforzamos mucho, pero nada podía arreglar el hecho de que no nacimos para seguir juntos.

—Pero ustedes se aman —dijo Matilda—. Las personas que se aman siguen juntas.

Molly le tomó la otra mano.

—El amor es misterioso y complicado. Algunas personas que se aman pueden también arruinarse la vida. Peor todavía: pueden hacerle daño a quienes viven con ellas. Mira lo que hemos hecho contigo.

—¿Conmigo?

—Sí, ese atuendo y tu cabello revuelto —dijo Ben—. ¿Crees que no entendemos de qué se trata?

—No hay nada malo en ser diferente —repuso Matilda, mirando su ropa.

—Tienes razón —dijo Molly—. Pero ser diferente debe ser una celebración de lo que uno es… no un grito para llamar la atención.

Matilda recordó las palabras de Kylie. ¿Se estaría poniendo esa ropa nada más para llamar la atención? ¿Sería una actuación solo porque sus padres se estaban separando?

—Tu madre y yo nos hemos dado cuenta de que no somos adecuados el uno para el otro, y de que seguir juntos no es bueno para ti y los muchachos. Ustedes merecen tener padres felices.

Matilda se volvió hacia su madre.

—¿No eres feliz?

Molly sacudió la cabeza.

—No como debería —respondió Ben—. Y yo tampoco. Es difícil de explicar, pero en algún punto del camino tu mamá y yo nos distanciamos.

—Y algún día volveremos a ser amigos —dijo Molly—. Mientras tanto, seguimos siendo sus padres. Aún esperamos cosas buenas de ustedes, entre ellas, que cumplan sus compromisos. Esas chicas confían en ti.

—Tu madre tiene razón —dijo Ben—. Comenzaste algo y debes terminarlo.

Sus padres salieron del cuarto. Ella se sentó en la cama, mirando el uniforme de porrista que había tirado a la basura.

Veinte minutos después, Ben y Molly dejaron a Matilda en el gran estadio. Se sintió aliviada al ver el autobús del equipo Fuerza de Ataque en el estacionamiento, cerca del escenario de competencias. No le habría sorprendido que Tiffany insistiera en que las muchachas fueran aunque faltara una persona en el grupo. Tal vez ya pensaba en la competencia del año próximo y en que con un equipo libre de agentes secretos podrían vencer al ganador de este año.

Matilda se acercó al autobús y golpeó la puerta.

—Sé que están allí, chicas. ¡Abran! Quiero decirles algo.

La puerta se abrió. Kylie apareció en lo alto de la escalera.

—No quieren hablar contigo.

—¡Es importante! ¡Diles, por favor!

—No puedo. Tampoco yo quiero hablar contigo.

Matilda frunció el ceño y subió a bordo.

—No tienen que hablar. Solo escuchar.

Caminó hacia el fondo y encontró a Jeannie, Shauna, Toni, Pammy, McKenna y Tiffany vestidas con ropa informal.

—¿Qué quieres? —dijo McKenna, sin levantar la vista de su teléfono.

—Póngase el uniforme —dijo Matilda—. Participaremos y ganaremos la competencia.

—No, gracias —dijo Tiffany—. Ya nos engañaste lo suficiente esta semana. No vamos a ir allá para que vuelvas a renunciar.

—No vine a renunciar —respondió Matilda.

—Bueno, pues no te queremos —dijo Pammy.

—Escuchen, seré sincera con ustedes…

—Sería bueno, para variar —comentó Kylie.

—No quiero ser porrista. Mi jefe me obligó. Antes de llegar aquí pensé que era un deporte tonto, lleno de chicas tontas. No veía el momento de terminar mi misión para largarme. Cuando descubrí que Lilly era la chica que andaba buscando, no pensé en cómo afectaría al grupo.

—Vaya, tu sinceridad apesta —dijo Shauna—. Me gustabas más cuando eras mentirosa.

Matilda pasó por alto el comentario.

—Me equivoqué con ustedes. No digo que entienda todo lo que hacen. El uniforme me sigue pareciendo un poco tonto, pero sé que les encanta la animación y que son buenas en ella; por lo menos deberían competir por ser las mejores. No voy a quitarles eso. Así pues, escuchen: no tienen razones para confiar en mí y no están obligadas a quererme, pero aquí estoy. Estoy frente a ustedes y les digo que quiero ir allá y ganar.

Las chicas la observaron durante un largo rato, hasta que Tiffany negó con la cabeza.

—Definitivamente no —dijo.

Matilda se sintió abatida, pero solo asintió y caminó hacia el frente del autobús. Las chicas no tenían razón para confiar en ella: era una mentirosa. Ganar era importante para ellas, pero también lo era ganar con alguien que respetaran. Salió al estacionamiento, tratando de convencerse de que había hecho su trabajo. Pero su corazón seguía diciéndole la verdad: se había alegrado de destruir los sueños de esas chicas bonitas y populares. Era una malvada.

—A menos, claro, que te maquilles —dijo una voz a sus espaldas. Dio media vuelta y se encontró con Tiffany y el resto de las chicas—. Pammy, Shauna, pónganse a trabajar con la novata: parece un costal ambulante de ropa sucia. Ah, y consíganle un

uniforme nuevo. Creo que arruinó el anterior cuando Lilly le
dio una paliza.

—Lilly no…

—No me presiones, Maddie —dijo Tiffany—. A trabajar, niñas.

Matilda fue arreglada y acicalada, y antes de darse cuenta
estaba con las demás tras bambalinas, esperando el momento de participar. Se sentía nerviosa, como todas. Tiffany, que
siempre se mostraba confiada, se veía temblorosa. La ausencia
de Lilly las obligó a coreografiar de nuevo sus rutinas para
un equipo de ocho, lo cual no era fácil para quienes habían
pasado casi todas las horas del día luchando para alcanzar la
perfección.

—Muy bien, escuchen todas —dijo Tiffany—. No me encantan
los discursos motivadores, pero aquí voy…

—¡Oh, cielos! —gruñó McKenna—. Tengo que postear esto.
¡Tiffany va a pronunciar unas palabras de inspiración!

Tiffany soltó un gruñido, pero recobró la compostura.

—Nos falta una y eso no es bueno, así que si hay alguna otra
espía entre ustedes, díganlo ya. ¿Ninguna? Bien. Lo importante
ahora es que somos un equipo. Cada una tiene sus talentos,
antecedentes y peculiaridades, y eso es lo que nos hace grandes.
Toni puede dar una voltereta asombrosa. McKenna sabe hacer
un *spagat* impecable. Maddie…

—¡Es Matilda! —interrumpió ella.

Tiffany resopló.

—Bueno, esteee… Matilda parece conocer dieciocho tipos de golpes capaces de matar a un hombre en el acto. No sé cómo eso nos ayudará a ganar, pero si no ganamos será útil para vengarnos de los jueces.

—No voy a matar a los jueces…

—Lo que intento decir es que lo que nos hace grandes son nuestras diferencias. Por ejemplo, yo tengo una belleza asombrosa, que atrae mucho la atención y evita que se note la torpeza de Kylie al bailar.

—Tiffany, ¿qué clase de horrenda charla motivacional es esa? —gruñó Kylie.

—¡Si me dejaran terminar! ¡Iba a decir que tienes una voz clara y fuerte que distrae a los jueces de mis gritos ocasionalmente quejumbrosos y nasales! Claro, somos porristas y la gente puede considerarnos una pandilla de clones sin cerebro que solo se preocupa de ser bonitas y perfectas. Pero nosotras sabemos la verdad. En realidad: somos chicas con defectos, pero cuando trabajamos juntas nuestras fortalezas sobrepasan nuestras debilidades.

—¡Guau! —exclamó Toni—. ¡Eso sí que me inspiró!

—Estoy llorando. Déjame actualizar mi perfil —dijo McKenna, con una lágrima resbalándole por la mejilla.

—Las odio a todas —dijo Tiffany.

Matilda le dio un apretón de manos.

—Buen trabajo, capitana.

En ese momento las llamaron al escenario. Con el corazón en la garganta, las chicas marcharon en fila india y se presentaron ante la multitud. Hubo un intento de aplauso cuando ocuparon sus posiciones.

Matilda miró al público con espanto. Los fanáticos adoraban lo que hacían los equipos. Acudían a verlos fuera cual fuere el estado del tiempo, lidiando con el tráfico, y los seguían en Internet. Creían que las porristas eran algo especial.

Una anunciadora hiperactiva de largo cabello rubio tomó el micrófono y saludó a la muchedumbre.

—Señoras y señores, por último, y no por eso menos importante, tenemos la participación del equipo Fuerza de Ataque de Arlington, Virginia: nuestro escuadrón de élite de la Conferencia Este. Luego de su actuación, los jueces sumarán sus marcas, así como las de las conferencias Oeste, Central y Sur, y se anunciará la escuadra ganadora. Así que, ¿listos para otra presentación de porristas?

La multitud rugió.

—Siéntense y disfruten... ¡La Fuerza de Ataque!

Sonó un golpe de tambor y la escuadra entró en acción. Las chicas trabajaron sin pausa, tirando puntapiés y saltando. Aplaudieron y bailaron con entusiasmo para compensar la integrante que faltaba. Habían enlazado la coreografía en el último momento y su desempeño no era perfecto, pero lograba realzar las fortalezas de cada una. Si alguna perdía el paso, las otras saltaban para deslumbrar al público. Cuando corearon el último "¡Luchen, luchen, luchen!" Matilda supo que el equipo había hecho su máximo esfuerzo. Además, ella no había usado sus superinhaladores ni una sola vez, para que no pareciera que había hecho trampa.

Mientras los jueces hacían cuentas, llamaron a los demás equipos que habían participado. Matilda deslizó la mano en la de Kylie y esta en la de Shauna. Hasta Tiffany tomó la mano libre de Matilda.

–¡Tenemos un ganador! –exclamó la presentadora–. Antes de que lo anunciemos, ¡demos un fuerte aplauso a todas las competidoras de la Asociación Nacional de Porristas de este año!

La multitud aplaudió y Matilda sintió que la mano de Tiffany se tensaba.

–Nuestro tercer finalista… del Medio Oeste, ¡Acción Sociedad Anónima!

El público estalló en gritos y aplausos, y las chicas de Acción Sociedad Anónima dieron un paso adelante para recibir su trofeo. Hicieron una reverencia, que suscitó más aplausos, y volvieron a su lugar.

–¡Nuestro segundo finalista es… Hospitalidad Sureña!

Las chicas del sur se acercaron a la anunciadora para recibir un trofeo bastante mayor que el primero. Saltaron, patearon y gritaron juntas:

–¡Gracias!

–Todos los finalistas hicieron un trabajo notable, pero solo podemos tener un ganador –dijo la anunciadora.

Matilda miró a Kylie mientras un redoble de tambor salía por los altavoces. Luego giró hacia Tiffany.

–Lo hiciste bien –dijo Tiffany, sin sonreír ni por asomo.

–Nuestro primer finalista es el representante de la Costa Oeste, ¡Chicas de California! ¡Sí, amigos! Eso significa que este año el ganador del codiciado trofeo de la ANP es el equipo de la Conferencia Este: ¡Fuerza de Ataque!

Matilda pensó que sus oídos la engañaban. ¿En verdad la anunciadora había dicho que ellas ganaron? Miró a sus compañeras y las vio dar brincos. Pammy y Jeannie lloraban. Kylie rodeó con sus brazos a Matilda y le dio un abrazo sofocante. Hasta Tiffany sonreía de oreja a oreja mientras caminaba hacia el centro del escenario para recibir el premio. La chica lo alzó sobre su cabeza y gritó:

–¡Yo las dirigí! Es mi equipo. ¡Soy su líder!

Matilda descubrió que también ella estaba dando brincos. Más tarde se sentiría un poco avergonzada por gritar con júbilo y por los muchos "uuuuuu" que dejó escapar, pero de momento no podía evitarlo.

Por desgracia, la celebración no duró mucho. Lanzó un estornudo increíble, lo cual solo podía significar una cosa: problemas en el Patio de Juegos. Se tocó la nariz para activar el comunicador.

–Aquí, Ráfaga.

Había pánico en la voz de Brand.

–Ráfaga, no sé si alcanzas a escucharme. Se oye mucho ruido.

—¡Lo escucho, jefe! —gritó por encima de los alaridos del público—.

¿Qué pasa?

—Tenemos una crisis. Se trata de Heathcliff.

FIN DE LA TRANSMISION

TE DARÉ UNA ÚLTIMA OPORTUNIDAD
DE PROBAR TU CORDURA. SI LO HACES BIEN,
PUEDES RECORTAR TU PUNTUACIÓN A LA
MITAD. SIN EMBARGO, DUDO QUE IMPORTE.

¿QUIÉN FUE EL AGENTE MÁS GRANDE
EN LA HISTORIA DE NERDS?

a. ¡USTED, SEÑOR BUCKLEY! (¡RECORTA
   TU PUNTUACIÓN A LA MITAD!)
b. EL AGENTE GARROCHA (¡RECORTA
   TU PUNTUACIÓN A LA MITAD!)
c. SI TE DIJERA, TENDRÍA QUE MATARTE...
   ¡PERO DEFINITIVAMENTE FUE MICHAEL
   BUCKLEY! (¡RECORTA TU PUNTUACIÓN
   A LA MITAD!)
d. CUATRO OJOS, QUE ESTUVO
   EN EL EQUIPO DE 1987 A 1992
   (¡¡¡¡100 PUNTOS!!!!)

OK, ESO ES TODO. SUMAREMOS TU
PUNTUACIÓN AL FINAL DEL EXPEDIENTE.
POR TU BIEN Y POR LA SEGURIDAD
DE LOS QUE TE RODEAN, ESPERO
QUE LO HAYAS HECHO BIEN.

ACCESO CONCEDIDO

COMENZANDO TRANSMISIÓN:

19

Gerdie estaba horrorizada. Con toda su superinteligencia, se sentía tontísima. ¡Todos le habían advertido que Heathcliff la traicionaría!

Oprimió el comunicador de su nariz y escuchó a Erizo de Mar del otro lado de la línea. Con el portal abierto, aún podía comunicarse con el equipo.

–Tenemos un problema –explicó Gerdie, al tiempo que corría hacia el arpón atómico para verificar sus cálculos.

–¿Qué dices, Gerdie? –contestó Erizo de Mar–. ¿Se trata de Heathcliff? Haga lo que haga, tienes que detenerlo.

Los nanobytes de Gerdie trabajaban al máximo calculando probabilidades. Si Chiflado recuperaba sus dientes, combinados con el poder de su puente electrónico, había un cien por

ciento de probabilidades de que se apoderara de su mundo y del resto del multiverso; pero no podía detener la actualización si esta ya había empezado. Ni siquiera sus habilidades matemáticas le servirían para apagar la avanzada maquinaria.

Gerdie miró el brillante portal y se le ocurrió una idea. Tenía que acelerar el funcionamiento del arpón, regresar la Tierra a la constante universal y destruir el puente. Así atraparía a Heathcliff en este mundo vacío, pero…

–Voy a salvar nuestro mundo y todos los demás, aunque me quede atrapada en este sitio para siempre, junto con él –respondió Gerdie.

–¡No puedes hacer eso! –gritó Duncan en la conexión.

–Sí, claro que puedo –respondió–. Si con eso se salvan los demás, puedo asumir esa carga. No tengo opciones.

Gerdie respiró profundamente y accionó el rayo del arpón.

La máquina despertó con un estruendo y lanzó un brillante haz de luz azul a través de la esfera reluciente. El portal giró y osciló, sometido a fuertes presiones invisibles.

Gerdie revisó la pantalla del equipo.

–¡Funciona! –exclamó–. El haz está llevando al planeta Tierra a su lugar.

Gerdie se quitó el guante que tenía el puente, lo azotó contra el suelo y lo pisoteó. De repente, sintió un poco de remordimiento. Era un aparato de lo más feo, antes de pasar por sus mejoras. Nunca se imaginó que el puente causaría tantas devastaciones (ni que ella misma sería la causante de tantos problemas). Con otros dos pisotones, el luciente portal se encogió y desapareció emitiendo una explosión minúscula, como la de una pompa de jabón.

En ese instante la puerta de la sala de actualizaciones saltó de sus bisagras y voló al otro lado del patio. Chocó contra una pared y dejó un boquete astillado en el lugar donde había estado. Por ahí salió algo que las actualizaciones de Gerdie nunca hubieran calculado. Era Chiflado... pero diferente.

Tenía la cabeza tan grande como una camioneta.

Su torso había desaparecido.

Sus brazos y piernas colgaban sin vida de su cabezota, como los de una marioneta.

Su boca, ojos y nariz se habían estirado desproporcionadamente, de modo que resultaba casi irreconocible, excepto por la enorme ventana donde alguna vez estuvieron sus dientes frontales. Heathcliff no había recibido la actualización que esperaba.

Entró en el patio, flotando sobre el suelo como Benjamín. Se detuvo frente a un espejo que colgaba de una pared y se miró fijamente sin emitir palabras ni emociones: se miraba como lo haría un bebé, con asombro y curiosidad. Luego, sin dirigirse a Gerdie, comenzó a hablar:

—Bueno, parece que tendré problemas para comprar sombreros —dijo, y estalló una risa histérica y perturbadora, mucho más ahora que se combinaba con su nuevo aspecto–. Supongo que es el riesgo que se corre al convertirse de pronto en el ser más inteligente del multiverso.

Gerdie se acercó con todo el valor que pudo reunir.

–Destruí el dispositivo del puente. Estamos atrapados aquí. Lo que sea que hayas planeado, falló.

Chiflado observó el aparato destrozado.

–Es un problema insignificante para alguien como yo.

Gerdie vio cómo él se concentraba en las piezas rotas, y luego estas se levantaron del suelo como si fueran ingrávidas. No podía creer lo que veía. Giraron y se retorcieron hasta que la última piececita volvió a unirse en perfectas condiciones. Al terminar, el aparato flotó hacia Chiflado. Este miró con enojo sus brazos diminutos e inservibles. El aparato giró y creció de nuevo hasta transformarse en un casco inmenso. Flotó sobre su cabeza y una luz apareció en el centro, justo entre sus ojos.

–¡Mírame! Parece que al fin y al cabo sí encontré un sombrero –dijo y soltó su risa escalofriante. Movió la mano y Gerdie salió volando hasta el otro lado del lugar, lanzada por una fuerza invisible. Se estrelló contra una pared y se estremeció de dolor. Mientras hacía esfuerzos por recuperarse, vio cómo el poderoso casco brillaba y creaba un nuevo puente interdimensional. La esfera de luz creció hasta alcanzar el tamaño suficiente para que entrara el monstruo.

–¡No lo hagas! –suplicó Gerdie.

—Mateatleta, tú mejor que nadie deberías comprender. Los más inteligentes deben gobernar el mundo. Son simples matemáticas.

—¡Te equivocas! —gritó ella—. No eres listo. Eres un niñito lastimado que quiere que el mundo lo ame, y cuando no ocurre, no te explicas el porqué. A mí me pasaba lo mismo. Yo impedí que me quisieran.

—Tal vez tengas razón, Gerdie. Lo recordaré cuando conquiste el multiverso.

A continuación el cuerpo grotesco de Chiflado se deslizó sobre la esfera brillante y desapareció. La esfera comenzó a desvanecerse y Gerdie vio su última oportunidad. Sabía que reconfigurando algunos botones del arpón podría enviar un último mensaje al multiverso, una última advertencia en caso de que su plan fallara. Presionó el botón de transmisión y un segundo haz se proyectó por la minúscula esfera blanca antes de que esta desapareciera por completo. Rezó por que alguien, en algún lugar, la escuchara.

En su nuevo y silencioso mundo, la cabeza de Gerdie comenzó a llenarse de números y ecuaciones.

—¿Benjamín? —dijo.

De inmediato, una pequeña esfera azul surgió de la mesa de cristal en el centro de la habitación.

—¿Te conozco? —preguntó.

—Me llamo Lilly… no: mi nombre es Gerdie Baker. Soy miembro de NERDS y necesito tu ayuda.

–¿Qué quieres que haga?

–Quiero que te acomodes y hagas algunos cálculos matemáticos –le contestó.

–¿Para qué?

–Vamos a averiguar cómo rescatar a la población de este planeta de la raza alienígena.

Benjamín giró y gorjeó:

–Me encanta la idea, Gerdie.

20

38°54' N, 77°02' O

–¿Qué está pasando? –gritó Matilda. Apenas podía escuchar al agente Brand por encima del barullo fanatizado por las porristas y los chillidos de su equipo.

–Estamos en camino, Ráfaga. La señorita Holiday, la cocinera y yo estaremos ahí tan pronto como sea posible. Haz lo mejor que puedas para mantener al público a salvo.

–¿A salvo? ¿De qué?

Repentinamente hubo un grito entre la multitud y el caos estalló. Antes de que pudiera darse cuenta, la gente corría por su vida. Buscó entre la multitud la fuente del terror y se llevó la sorpresa de su vida: una cabeza gigante flotaba sobre el estanque, aplastando árboles y autos. Sus ojos iban disparando rayos láser que destruían cualquier cosa que se pusiera en su camino. Parecía algo salido de una película de terror. Aquello simplemente no podía ser terrestre… pero se suponía que las grietas ya habían sido tapadas.

Tomó una dosis de su inhalador y volteó hacia su equipo:

—Chicas, tengo que ir a trabajar.

—¿Qué podemos hacer? —preguntó Kylie.

—Son porristas —dijo Matilda—. Atraigan la atención del público y guíenlo hacia un sitio seguro. Llévenlo tan lejos como puedan.

McKenna estaba muy ocupada escribiendo en su teléfono. Matilda se lo arrebató de las manos y lo apagó.

—¡Ey! —gritó McKeena.

—Lo siento, pero la seguridad nacional está primero que tus redes sociales.

—Ten cuidado, Matilda —dijo Tiffany, mientras dirigía al equipo hacia la multitud—. ¡Tienes que ayudarnos a defender nuestro título el año próximo!

Matilda apretó el émbolo de su inhalador y sintió cómo el poder se concentraba en sus manos mientras salía disparada hacia el cielo. Durante el ascenso pudo ver a cuatro niños cayendo del cielo. Sus paracaídas se abrieron en el último segundo y pronto estaban aterrizando en el gran estadio. Los NERDS habían llegado.

Pegote fue el primero en entrar en acción. Le disparó a la enorme cabeza flotante un chorro de pegamento. Diente de Lata creó un puño gigante con sus increíbles brackets y le dio a la cabeza, pero el monstruo continuó avanzando. Pulga pareció tener mejor suerte. Su arnés se iluminó y lanzó varios golpes a la velocidad del rayo que lanzaron al monstruo por los aires. La mole aterrizó sobre varios autos estacionados, aplastándolos por completo, sin embargo los efectos del impacto duraron poco.

—¿Heathcliff trajo esto de otro universo? —preguntó Matilda mientras volaba sobre Ruby, quien estaba ocupada analizando las debilidades de la cabeza con la ayuda de su computadora.

—No, ¡eso es Heathcliff! —respondió Ruby.

Matilda observó a la repugnante criatura y notó el hueco que tenía en la dentadura.

—¿Qué le pasó?

—Gerdie dijo que nos usó a todos para obtener actualizaciones en una Tierra diferente.

—¿Y ella dónde está?

Ruby sacudió la cabeza.

—El portal se cerró. Está atrapada ahí, dondequiera que eso sea. Desafortunadamente no se cerró antes de que el Señor Cabeza de Papa apareciera. ¿Alguna idea?

—Bueno, dicen que la belleza está en los ojos de quien mira —comentó Duncan, uniéndose al grupo—. Pero eso aplica solo si puedes ver.

—¡Buena idea! —dijo Matilda con una sonrisa; levantó al niño por debajo de los brazos y voló en dirección a Heathcliff.

Zumbaron alrededor de la cabeza y, en el momento justo, Duncan le arrojó pegamento en los ojos. Con sus pequeñas manos, Heathcliff no podía limpiarse. Estaba ciego.

–¡Ey, eso no fue muy amable! –rugió, mientras un resplandor rojo aparecía detrás del engrudo. Sus ojos dispararon láseres que limpiaron la porquería–. Eso pudo haber sido un auténtico fastidio si no tuviera control absoluto sobre cada célula de mi cuerpo. Con solo un poco de concentración puedo modificar cualquier cosa sobre mí; incluso cambiar la naturaleza de mis sentidos. Por ejemplo, con un rápido y simple pensamiento puedo hacer ¡esto!

De pronto, un viento helado brotó de su boca y atrapó a Diente de Lata y Erizo de Mar en un cubo de hielo gigante. Los brackets de Jackson se transformaron rápidamente en picahielos y atacaron la gélida prisión hasta que ambos quedaron libres.

Mientras tanto, Pulga estaba ocupado devorando dulces para cargar su arnés de combustible. Casi de inmediato empezó a temblar a causa del azúcar. Se agachó, arrancó un árbol con raíces y todo, y lo utilizó como bate de béisbol contra la cabeza de Heathcliff, que cayó de frente.

En vez de dolor, Heathcliff soltó una risa. Sus carcajadas salían de todo su cuerpo, mientras se revolcaba de un lado a otro como un perro gordo. Era la misma risa horrible que Matilda le había escuchado en el hospital, solo que esta vez estaba motivada por auténtica locura. Si antes no estaba loco, ahora indudablemente lo estaba.

–No digan que no les di la oportunidad de detenerme –dijo Heathcliff–. Fui justo, pero afrontémoslo, chicos: estoy destinado a grandes cosas, incluso para una cabeza gigante. Ahora mi cerebro no tiene límite. Las cosas que puedo ver están más allá de cualquier descripción. Las cosas de las que soy capaz no tienen fin. Todos mis sueños se convierten en realidad.

Hubo un destello de luz y de pronto todo fue diferente; los árboles flotaban por los aires y el suelo se balanceaba y giraba como un mar áspero. Matilda vio a sus compañeros luchar para mantenerse de pie.

–Creo que es tiempo de buscar un nuevo nombre relacionado con mis nuevos poderes –dijo la cabeza envuelta en rayos y truenos–. Ya no me llamarán Chiflado. ¡Ahora seré Tormenta!

Hubo otro destello y todo volvió a la normalidad, pero fue entonces cuando los problemas de verdad empezaron. Heathcliff centró su atención en los compañeros de Matilda y, con solo arquear una ceja, Pulga se dobló como si se sintiera mal. De su boca salió un río de lo que parecían pequeños insectos negros. Estos aterrizaron en el piso y se incendiaron. El árbol que tenía en sus manos cayó al suelo.

–¡Mi fuerza! ¡Se ha ido!

Erizo de Mar fue la siguiente; el mismo flujo negro salió de su boca. Cuando gritó que no podía filtrar la información de sus alergias, Matilda supo exactamente lo que ocurría: Tormenta les estaba quitando sus nanobytes –la fuente de sus habilidades– empleando solo su mente.

–¡Pegote!, ¡Diente de Lata! ¡Corran! –gritó Matilda, pero Tormenta volteó hacia ellos y les quitó sus poderes.

Matilda era la única que conservaba los suyos. Tenía que hacer algo para detenerlo, ¡pero su poder era tan increíble! Por mucho que lo odiara, lo mejor que podía hacer era retroceder. Apretó fuertemente su inhalador y voló, sintiendo oleadas de calor que la golpeaban a su paso. Él le disparaba, ¡pero ella no podía permitir que la alcanzara! Se lanzaba hacia delante y hacia atrás, haciendo cambios de rumbo impredecibles, rogando poder evadir los ataques.

—No puedes escapar, Ráfaga —gritó Tormenta—. Vuela si quieres, pero voy a destruirte.

Matilda sintió que el viento empezaba a soplar en su contra, salió volando hacia atrás y se estrelló contra el piso. De alguna manera él había logrado que el cielo cumpliera sus caprichos. Luchó para ponerse de pie a pesar de que no tenía muy claro qué podía hacer. Tenía que enfrentar los hechos: no sabía en qué se había convertido Heathcliff, pero era demasiado poderoso como para detenerlo.

Entonces una bola de luz blanca apareció frente a ella. Era otro portal —no otra ruptura, sino una abertura creada por un aparato—, solo que de escala masiva. Alguien salió de él y la ayudó a ponerse de pie. Matilda se dio cuenta de que esa persona lucía exactamente igual que ella, solo que llevaba un vestido y cintas en el cabello.

—Hola, Matilda —dijo la recién llegada—. Soy… bueno, soy Matilda. Esto va a ser confuso. Puedes llamarme Matilda 1.

—¿1?

–Sí, tú eres Matilda 217. Lo siento, pero los exploradores podemos elegir los mejores números. Soy integrante de EIFEMI.

–¿EIFEMI? Los monos me hablaron de ti –dijo Matilda.

–Sí, la Tierra 14, pero no los llames monos; algunos son primates. Tu Gerdie mandó un mensaje al multiverso entero. Parece que necesitan ayuda. Desafortunadamente el resto de EIFEMI está en una misión fuera del planeta. Pero no te preocupes, me las arreglé para reunir un poco de ayuda.

Repentinamente, docenas y docenas de niñas atravesaron el portal. Cada una era una versión de Matilda; muchas lucían como copias exactas, todas con sus inhaladores, pero había otras que eran extremadamente distintas. Había una Matilda pulpo gigante en un traje de agua hermético. Había una Matilda de tres metros de alto. Había una Matilda cubierta de plumas, otra con tres piernas y una con un solo ojo. Había Matildas de diferentes nacionalidades, distintas razas, incluso una de piel azul. Había una Matilda que era adulta y una que era niño. Había una Matilda con las habilidades de todos los NERDS y otra con un disfraz de superhéroe. Había varias vestidas con uniforme de porrista, princesa, atuendo de leñador y hasta traje de astronauta. Había algunas que eran animales o híbridos de animal y humano, como una que tenía alas.

–¡Cuántas versiones de mí! –tartamudeó.

–Sí –dijo Matilda 1 y sonrió–, las Matildas somos un grupo variado, aunque poseemos dos cosas en común: tenemos un montón de hermanos; y a todas nos gusta patear traseros. Disculpa que no pueda presentártelas a todas; solo tenemos un par de minutos para ayudarte antes de que se cierre el portal, así que ¡manos a la obra!

—¿Lista para dejarle caer una lluvia de golpes a este tonto? —preguntó una Matilda adulta y musculosa con traje de luchadora.

Ráfaga admiró su cinturón de Campeona del Mundo y sonrió:

—¡Hagámoslo!

Con la fuerza de cientos volaron hacia Heathcliff, golpeándolo, pateándolo, sofocándolo y abofeteándolo. La Matilda de tres metros lo pateó en lo que le quedaba de trasero, lanzándolo hasta el recién reconstruido monumento a Washington, el cual se vino abajo.

—¡Cuidado, Matilda 79! —gritó Matilda 1.

Ráfaga estaba sorprendida.

—¿Las conoces a todas?

—He visitado sus mundos —dijo, asintiendo con la cabeza—. Ey, Matilda 16, ¿qué tal unos pocos caballos de fuerza?

Matilda 16 se lanzó al ataque en cuatro patas. Era un centauro, mitad niña, mitad caballo. Trotaba haciendo girar una cuerda en una mano, como un vaquero en un rodeo, y la lanzó hacia las pequeñas piernas de Heathcliff. Tirando con fuerza, arrastró a la cabeza gigante alrededor de un centro comercial y luego la hundió en el estanque.

—Te ves desconcertada —le dijo Matilda 1 a Ráfaga.

—Todas son tan rudas…

—Sí, la mayoría de nosotras lo somos. Por supuesto que tenemos versiones delicadas, además de las que patean traseros. Parece que tú eres un poco de ambas.

—Oh, no, en realidad no soy porrista —dijo—. Soy ciento por ciento marimacho.

Matilda 1 sacudió la cabeza.

—Nadie es ciento por ciento nada. Yo uso vestido pero tengo unas loquísimas habilidades ninja. La Matilda centauro es campeona de deletreo. Matilda 19 es mitad ave, pero también una gran artista. Mientras más Matildas conozco, más me doy cuenta de que tenemos muchos lados distintos: marimachas, combativas, porristas, nerds.

—¡Ráfaga! —gritó el agente Brand, mientras intentaba abrirse paso con su bastón entre el mar de Matildas; la señorita Holiday venía detrás de él—. Tú eres nuestra Ráfaga, ¿cierto?

Matilda asintió e hizo las presentaciones:

—Ella es Matilda 1. Es miembro de un equipo de defensa del multiverso llamado EIFEMI.

—Yo traje a las Matildas —dijo orgullosa la niña—. Es un honor conocerlo, señor Brand.

—¿Sabes quién soy?

—Alexander Brand 217. Trabajo con su hermano, Thomas Brand; es nuestro director.

—Mi hermano murió en combate —respondió Brand, pálido como fantasma.

Matilda vio que la señorita Holiday lo tomaba de la mano.

–No en mi planeta. Le manda saludos. Quería conocerlo, pero está intentando conseguir un acuerdo de paz. Cuando la Tierra 400 explotó, toda su población se mudó a la Tierra 64. Resulta que la gente tigre y la gente cebra no se llevan muy bien.

Una terrible explosión interrumpió la conversación. Todos voltearon en dirección al sitio del estruendo y vieron que, a pesar del ataque de los cientos de Matildas, Tormenta se había recuperado. Disparaba bolas de fuego con los ojos y lanzaba autos a las niñas utilizando sus poderes telequinéticos.

–¡No pueden detenerme! –rugió, barriendo a sus atacantes como si fueran juguetes–. ¡Incluso si me atacaran con mil copias suyas! Soy Tormenta. ¡Inclínense ante mi intelecto!

Matilda miró hacia el campo de batalla. Aquellas que habían escapado a la destrucción ayudaban a las sobrevivientes a cruzar el portal. Matilda 1 la miró con tristeza:

–El tiempo se ha terminado, lo siento. Hicimos lo que pudimos, Ráfaga. Me temo que he visto lo que le ocurre a los planetas cuando Heathcliff toma el control. ¿Tú y tus amigos quieren abandonar la Tierra?

–No podemos irnos –dijo la señorita Holiday.

–Somos lo único que se interpone en el camino de ese monstruo –dijo Brand–. Nos quedaremos y pelearemos el tiempo que podamos.

Ráfaga apretó los puños. ¡Esto no podía terminar así! Tenía que hacer algo. No permitiría, de ninguna manera, que Heathcliff Hodges o cualquiera que fuera su estúpido nombre se apoderara del mundo. Lo detendría aunque eso significara que este planeta perdiera a su Matilda.

Buscó en su cinturón y encontró sus inhaladores, pero su mano también rozó la estatua de piedra que su madre insistió en que llevara al campamento de las porristas. La miró detenidamente, y recordó que su madre le había dicho que su abuelo la protegería del peligro. Heathcliff calificaba como peligroso. Con una explosión se lanzó por los aires. A pesar de que su corazón latía a tope, concentró toda su atención en sus manos, esperando que los nanobytes en su sangre se concentraran ahí, que usaran toda su energía y juntos le dieran todo su poder. Sus dedos le quemaban cuando se detuvo a unos metros de Heathcliff.

–¿Solo queda una Matilda? –dijo Heathcliff, con su risa maniática.

–Nunca pensaste mucho en mí. Creíste que podrías etiquetarme: inadaptada, nerd, belicosa, pero resulta que hay mucho más que ni yo sabía.

–Sí, eres una porrista. Qué perdida de tiempo. Ahora vete a volar antes de que te aplaste.

Matilda comenzaba a sentirse mareada. El poder en sus manos era intenso y amenazaba con superarla. Tenía que esperar unos segundos más para que los nanobytes alcanzaran su máxima potencia. Buscó en su cinturón y sacó la vieja estatua del abuelo; luego, la empujó en la punta del inhalador.

–¡Dame una A! –gritó.

Heathcliff sonrió.

–¿Qué es esta tontería?

–¡Dame una U!

Heathcliff le lanzó otra onda de calor con la vista y apenas alcanzó a esquivarla.

–¿Por qué no te mueres ya?

–¡Dame una C!

–Cuando te ponga las manos encima…

–¡Dame una H! ¿Qué dice?

–¿AUCH?

–¡Sí, auch!

Entonces ella apretó el botón de su inhalador y la estatua salió disparada hacia Heathcliff. Su extremo puntiagudo se estrelló contra el brillante dispositivo del puente y destrozó el casco. También le golpeó en el cráneo con una fuerza brutal. Hubo una gran explosión que lanzó a Matilda hacia atrás; y su cabeza dio contra el suelo. Pudo sentir cómo la oscuridad se apoderaba de ella. Estaba segura de que iba a morir. Su corazón latía como si fuera a saltar de su pecho. Pero tenía que ver. Se sentó y observó cómo la cabeza gigante perdía el equilibrio. Hubo un gran quejido y luego se derrumbó. La última cosa que Matilda pudo ver fue un horrible moretón rojo justo entre los ojos de Heathcliff.

Matilda abrió los ojos y encontró a sus hermanos de pie a su lado.

—¡Uyyy, está viva! —exclamaron.

—Nadie se quedará con mi habitación —dijo ella.

—¡Fuera! —escuchó a su madre gritar, mientras los chicos se alejaban. Su mamá y su papá estaban junto a su cama de hospital. Molly tenía en sus manos la vieja estatua del abuelo y Ben se paseaba de un lado a otro.

—Hummm; ¿estoy bien? —preguntó Matilda, mirando los monitores y mangueras que tenía pegados.

—El doctor asegura que estarás bien —respondió su padre—. Estoy seguro de que no es necesario que te diga que estás castigada hasta que tengas cuarenta años.

—Tu bibliotecaria nos dijo que fue un accidente de porrista. ¡Yo digo que es mentira! —exclamó Molly.

Matilda inhaló profundamente. Era hora de decirles la verdad. Se sentó en la cama y describió el último año y la mitad de su vida. Les contó sobre sus habilidades y las misiones en que había participado. Habló de caminar en el espacio y visitar otras realidades. Les habló sobre el señor Brand y la señorita Holiday, la cocinera y el resto del equipo. Explicó lo relativo a la escuela Nathan Hale, y cuando terminó, se recostó y vio la expresión atónita de sus padres.

Fue entonces cuando el señor Brand entró en la habitación.

—Señor y señora Choi, estoy seguro de que tienen un millón de preguntas. Estoy a su disposición para responderlas.

—¡Por supuesto que lo hará! –dijo Molly.

—¿Qué pasó con Tormenta? –preguntó Matilda.

—Está fuertemente sedado. Le están inyectando medicamentos para mantenerlo dormido. Los expertos creen que si despierta podría causar más caos, así que va estar en el reino de los sueños por un rato.

—Si despierta, estaré lista –dijo Matilda–. ¿Y las porristas?

—Todas sanas y salvas –dijo el agente Brand–. Aunque McKenna rompió su teléfono en el caos. No creo que vuelva a ser la misma nunca más. El resto de tu equipo se ha recuperado y tiene sus nanobytes reinstalados.

—¿Salvamos al mundo?

Brand asintió con la cabeza.

—Hasta donde sé, los salvamos a todos. Descansa, agente Ráfaga. No pasará mucho tiempo antes de que te necesitemos de nuevo.

21

El matón derribó la ventana del cuartito de un hotel de la carretera y se metió. Fue directo al baño para mirarse en un espejo mugroso el rostro lleno de vendas. Tenía que saber qué había debajo. Con su garfio, desgarró los vendajes. Era difícil asegurar que lo que veía era una cara: roja y herida, con la piel desgarrada y músculos expuestos. Era grotesco.

Furioso, le dio un puñetazo al espejo, que se estrelló y cayó al lavabo.

–Me sacrificaste por tu tonto plan –dijo, como si su jefe, el niño, se encontrara frente a él–. Me echaste a un lado como si fuera basura y mira en qué terminaste. Eres un monstruo horrible atiborrado de calmantes. No van a dejar que despiertes nunca

y yo no voy a quedarme esperándote. Es hora de que este matón consiga un ascenso.

Metió la mano en el bolsillo del abrigo y sacó una máscara negra con una calavera pintada. Se la puso sobre el rostro herido y miró fijamente al villano amenazador que tenía enfrente.

—Te queda bien, hombre. Tiene las dosis exactas de miedo y misterio. Es la clase de cara que hace a temblar a los demás. Y van a temblar. Mírame, mundo. Mira al hombre que va a dominar este planeta. ¡Mira al Antagonista!

FIN

○ FUE DIFÍCIL APLICARTE
ESTA PRUEBA. MIRAR TUS OJOS
RAROS ME CAUSÓ PESADILLAS.
TAMPOCO ME AYUDÓ PARA NADA
VER CÓMO SUDABAS Y TARTAMUDEABAS
Y LE HABLABAS A TU OMBLIGO.
LA VERDAD ES QUE SI HUBIERA
TENIDO QUE SEGUIR CON ESTA PRUEBA,
YO MISMO HABRÍA ENLOQUECIDO.
VAMOS A VER TUS
RESULTADOS. REGRESA Y SUMA
LOS RESULTADOS DE TODOS LOS
CUESTIONARIOS PARA OBTENER
TU CALIFICACIÓN. ¡EY,
SON MATEMÁTICAS! ESTA PRUEBA
CONCUERDA A LA PERFECCIÓN
CON EL EXPEDIENTE DEL CASO.

MUY BIEN, ESCRIBE AQUÍ EL NÚMERO:

_____

36-100: APROBASTE.
SIN DUDA TIENES TUS
EXCENTRICIDADES Y ES PROBABLE
QUE SE EMITAN ALGUNAS ÓRDENES
DE RESTRICCIÓN EN TU CONTRA,
PERO CON SUPERVISIÓN MÉDICA
NO LASTIMARÁS A NADIE. PUEDES
QUEDARTE EN EL EQUIPO.

101-212: APROBASTE. DEBE SER AGOTADOR
CONTENERTE PARA NO ESTRANGULAR
A LOS DEMÁS, PERO
¡HASTA AQUÍ VAS BIEN! SÓLO TRATA
DE RECORDAR QUE LOS SATÉLITES
NO TE ESTÁN OBSERVANDO
Y PROBABLEMENTE ESTARÁS BIEN.
PUEDES QUEDARTE EN EL EQUIPO.

213-392: APROBACIÓN CONDICIONADA.
¡VAYA! TIENES TODO EMPACADO Y LISTO
PARA MUDARTE A LOCOLANDIA. NECESITAS
MUCHÍSIMA SUPERVISIÓN Y TAL VEZ ALGO
DE CIRUGÍA CEREBRAL. SI DESPUÉS
TODAVÍA ERES CAPAZ DE COMER
SIN AYUDA, VAMOS A VER SI
TE REGRESAMOS AL EQUIPO.

393 EN ADELANTE: ¡REPROBASTE!
OK, PON LAS MANOS DONDE LAS VEA.
¿QUE DICES? ¿QUE TIENES UN RAYO
MORTÍFERO Y QUE NO TE TIEMBLA
LA MANO PARA USARLO? ¡PERO
SI ESO ES UN PLÁTANO, AMIGO!
AHORA ESCUCHA: ESTOS SEÑORES
DE BATA BLANCA TE LLEVARÁN
A DONDE PUEDAS DESCANSAR. SÍ,
SON TUS AMIGOS,
¡Y MIRA!, TE TRAJERON UNA NUEVA
CHAQUETA. ¡UY, MIRA CUÁNTAS
HEBILLAS Y CIERRES! DEBERÍAS
PROBÁRTELA PARA VER COMO
TE QUEDA. MUY BIEN… PONTE
TU CAMISA DE FUE…
DIGO, TU CHAQUETA NUEVA.
¿QUE "QUE ES ESTO"? AH, UNA
INYECCIONCITA PARA QUE TE SIENTAS
MEJOR. NO TE DOLERÁ NADA. SÍ, SOLO
CIERRA LOS OJOS. DENTRO
DE POCO ESTARÁS EN UN LUGAR
MUY AGRADABLE, ¿Y SABES QUE?
¡HABRÁ GELATINA! ¡MMM, GELATINA!
CON ESO TE SENTIRÁS MUCHO MEJOR.

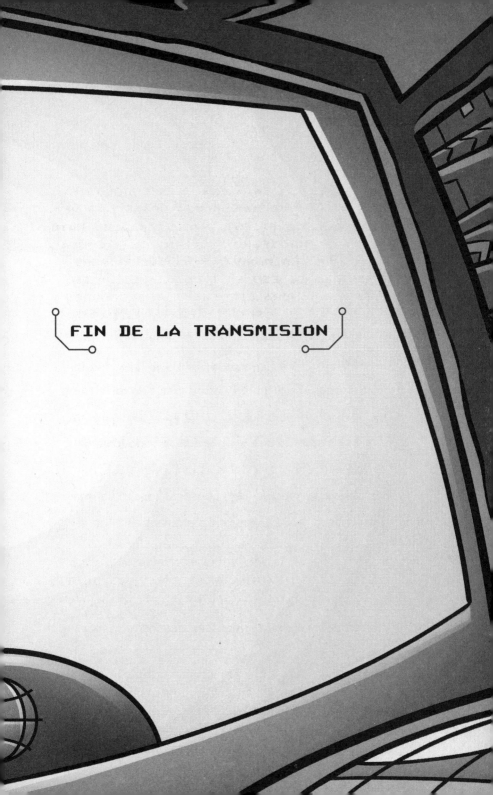

AGRADECIMIENTOS

¡Gracias, gracias, gracias! Susan van Metre, mi editora y amiga, se esforzó para que este libro fuera mejor de lo que me había imaginado. También fue coeditado por Maggie Lehrman, que tanto me ayudó en mi serie de las Hermanas Grimm y me sigue impulsando a crear historias más interesantes y profundas. Pero el héroe invisible de estos libros es Chad W. Beckerman y su inspirada dirección artística. Todo lo genial de estos libros se debe a él y su equipo. Ethen Beavers: gracias por convertir mis palabras en esos dibujos que tanto emocionan a los niños y al niño que llevo dentro.

Jason Wells y su equipo, en el que se encuentra Laura Mihalick, merecen elogios especiales por dar a conocer NERDS a librerías, maestros, bibliotecarios y niños. Muchas gracias a Joe Deasy por leer y disfrutar estos materiales, lo mismo que a todos en "la oficina", alias Starbucks: Marissa Mitchell, Leah Mathurin, Abdalla Ortega y Sam Cates.

Pero quienes se merecen mi mayor gratitud son mi adorada familia, Alison y Finn. Además de ser mi agente y copropietaria de Stonesong Press, Alison es mi amor. Me trajo a Finn, y Finn me trajo inspiración. Si te gustan estas historias, Alison y Finn son la razón. Gracias por todos y cada uno de los días; Finn, tu pequeña sonrisa es mi cuento personal para dormir. Crece fuerte y bueno y, espero, un poco nerd.

Acerca del autor ○—⌐

Michael Buckley,

ex miembro de NERDS, ahora se dedica a escribir. Además de los expedientes secretos que tienes en tus manos, ha escrito la exitosísima colección *Las Hermanas Grimm*, publicada en más de veinte idiomas. También ha sido el creador de programas de televisión para Discovery Channel, Cartoon Network, Warner Bros., TLC y Nickelodeon. Vive con su esposa e hijo, pero si te dice dónde, tendrá que matarte.

Este libro contó con la dirección de arte y el diseño del agente Chad W. Beckerman. Las ilustraciones son del agente Ethen Beavers. Los textos fueron compuestos en Adobe Garamond (cuerpo 12), una tipografía basada en el diseño creado por Claude Garamond en el siglo XVI. Garamond se inspiró a su vez en los diseños de los impresores venecianos de fines del siglo XV. La versión moderna que se utilizó en este libro fue creada por Robert Slimbach, quien estudió los tipos históricos de Garamond en el Museo Plantin-Moretus en Amberes, Bélgica.

FREEPORT
MEMORIAL LIBRARY

¡TU OPINION ES IMPORTANTE!
Escríbenos un e-mail a
miopinion@vreditoras.com
con el título de este libro en el "Asunto".
www.vreditoras.com
facebook/vreditoras.com